U0518401

致悼艾米丽的玫瑰

A Rose for Emily　　　　福克纳经典短篇集

[美]

威廉·福克纳 著　　　张和龙 译

陕西师范大学出版总社

图书代号：SK15N0009

图书在版编目（CIP）数据

致悼艾米丽的玫瑰 /（美）福克纳著； 张和龙译 . —西安：
陕西师范大学出版总社有限公司，2015.3
ISBN 978-7-5613-8037-6

Ⅰ. ①致… Ⅱ. ①福… ②张… Ⅲ. ①短篇小说—小说集—
美国—现代 Ⅳ. ① I712.45

中国版本图书馆 CIP 数据核字（2014）第 313293 号

致悼艾米丽的玫瑰

[美] 威廉·福克纳 著　张和龙 译

责任编辑　焦　凌
责任校对　王西莹
特约编辑　陈　彻
装帧设计　hanyindesign
出版发行　陕西师范大学出版总社
　　　　　　（西安市长安南路 199 号　邮编 710062）
网　　址　http://www.snupg.com
经　　销　新华书店
印　　刷　山东临沂新华印刷物流集团有限责任公司
开　　本　880mm×1230mm 1/32
印　　张　7
插　　页　4
字　　数　174 千
版　　次　2015 年 3 月第 1 版
印　　次　2015 年 3 月第 1 次印刷
书　　号　ISBN 978-7-5613-8037-6
定　　价　32.00 元

读者购书、书店添货或发现印装有问题，请与营销部联系、调换。
电　话：(029) 85307864　85303629　　传　真：(029) 85303879

译者序

一

威廉·福克纳（William Faulkner，1897—1962年）是一个很多中国普通读者也耳熟能详的名字。这个出生在美国密西西比州的著名作家，早年接受的学校教育相对有限，但文学兴趣十分广泛，同时又熟谙美国南方社会状况、历史与文化传统，年轻时就积累了丰富的文学创作素材。他热爱诗歌，曾以诗歌创作起步，但并不成功，自称是"失败的诗人"，后来转入小说创作，从此一发不可收。自20世纪20年代后期开始，他陆续出版了《喧哗与骚动》《我弥留之际》《八月之光》《押沙龙，押沙龙！》等重要代表作，以及其他一系列名篇佳作，最终以"伟大小说家"的身份而名载史册。

福克纳曾是一位"孤独的天才"。1928年至1942年是他的创作鼎盛时期，一些作品问世后也受到不少好评，然而在"红色三十年代"的大背景下，美国文坛对斯坦贝克等左翼作家格外青睐，发出另类声音的福克纳并不受待见，倒是大洋彼岸的法国作家安德烈·纪德、萨特等人更早地就对他的小说推崇备至。由于绝大部分作品不再重印，福克纳一段时间里在经济上陷入困境，出于为五斗米的生计着想，他不得不撰文卖钱。长时间为商业杂志、好莱坞电影公司写作，加上其几近不堪的酗酒恶习，福克纳的文品屡遭圈内人士诟病，文学声誉长期不尴不尬。直到1946年批评家马尔科姆·考利编选的《福克纳读本》出版后，他才声名鹊起，并得到了美国评论界的广泛承认。1950年，福克纳被授予了1949年的诺贝尔文学奖（1949年评选时为空缺），使"威廉·福克纳是20世纪美国乃至西方的文坛巨匠"名至实归。此后，他又摘得1951年、1955年两届美国国家图书奖桂冠，还成为1955年、1963年两届普利策小说奖得主。福克纳去世后五十多年其文学的影响力早已遍及世界各地。

福克纳最为评论界津津乐道的就是他的"约克纳帕塔法世系"系列小说了。他一生创作了长篇小说十九部，短篇小说一百二十篇左右，其中十五部长篇与绝大多数短篇的故事都发生在一个叫"约克纳帕塔法郡"的地方。福克纳在一次采访中说："巴尔扎克完整地创造了一个自己的世界，二十部巨著全都脉络相通。"他的"世系小说"同样如此，而且丝毫不逊色于巴尔扎克的"长河小说"。"世系小说"围绕几大家族（萨多里斯家族、康普生家族、斯诺普斯家族、萨德本家族等）的兴衰沉浮，描写了贵族与贫民，白人、黑人与印第安人，以及不同阶层女性人物的酸甜苦辣与人生境况，展现了万花筒般的南方社会生活画面。在这些作品中，福克纳对南方古老文化传统的衰落发出了深沉的喟叹，对20世纪现代人的精神困境做出了深刻的反思，并且将人性深处最为隐秘、最不为人知的部分暴露在读者面前。

考利曾在《约克纳帕塔法的故事》一文中说：福克纳的小说都是关于美国南方的"传奇或神话"。实际上，这些故事也是关于人类社会的"传奇或神话"，六百多个有名有姓的人物更是整个人类的缩影。1955年，福克纳在访问日本时说："从《萨多里斯》开始，我发现我那邮票般大小的故土很值得写，而且不论我多长寿也不可能把它写完……我喜欢把我创造的世界看作是宇宙的某种基石，尽管它很小，但如果它被抽去，宇宙本身就会坍塌。""世系小说"既集中凝练，又博大精深，既以小喻大，又以大见小，如此独树一帜的艺术创新极大地影响了萨特、马尔克斯、莫言等后来多位诺贝尔文学奖得主。

在英语现代文学史上，福克纳与乔伊斯、伍尔夫并称为"20世纪三大意识流小说大师"。翻译家李文俊先生认为，福克纳"比乔伊斯更进一步地运用意识流手法，深入表现人物的内心活动，包括梦魇、幻想与潜意识"。在美国文学中，福克纳也是唯一真正意义上的现代主义小说家，经常被誉为"伟大的实验主义者"。除了"意识流"技巧外，福克纳还使用了神话结构、象征隐喻、对位结构、时序颠倒、多元视角、悬念跌宕、荒诞夸张、几近村俗的幽默等艺术手法。国内评论界对此早有深入论述，此处不再赘述。

二

1949年诺贝尔文学奖授予威廉·福克纳，授奖词中对他的评价是他"对美国现代小说艺术做出了无与伦比的巨大贡献"。虽然这里的"小说"主要是指长篇小说，但其实福克纳在短篇小说创作领域所取得的艺术成就同样无与伦比。在福克纳看来，短篇小说是"仅次于诗的要求最严苛的艺术形式"。他的短篇小说之所以不太受评论界重视，其主要原因可能有以下两点：一是其长篇杰作的耀眼光芒掩盖了短篇小说的亮丽色彩；二是他的短篇故事大多出于商业目的写成，不少人想当然地将它们与其他肤浅、低劣、媚俗的作品混为一谈，却没有意识到福克纳这些短篇作品与长篇一样，具有高度的严肃性与深刻的艺术性。

1931年，福克纳出版第一本短篇小说集《这十三篇》，最早收录了《致悼艾米丽的玫瑰》《红叶》《夕阳》《干旱的九月》《卡尔卡索纳》等作品——它们已被公认是英文短篇小说宝库中的经典佳作。1950年，福克纳自选了四十二部短篇，结集出版为《福克纳短篇小说集》。此书于翌年获得了美国国家图书奖。在布鲁姆《西方正典》的"附录：正典书目"中，《福克纳短篇小说集》也赫然名列其中。1979年，约瑟夫·布洛纳又编选出版了《福克纳未编短篇小说选》。这三大选集中的近百个故事基本代表了福克纳短篇小说创作的最高艺术成就。

福克纳的短篇小说早在20世纪30年代就被译介到中国，50年代也有两个短篇被翻译成中文，但是都没有引起国内读书、评论界的关注。直至1979年，《外国文艺》刊登了福克纳的三个短篇：《纪念艾米丽的一朵玫瑰花》（本书译作《致悼艾米丽的玫瑰》）、《干旱的九月》《烧马棚》（本书译作《纵火案》），才开启了国内福克纳短篇小说译介的新纪元。此后三十多年来，大陆出现了多部福克纳短篇小说的中译本，其中最有影响力的当属斯通贝克选编的《福克纳中短篇小说选》（1985年）、陶洁选编的《福克纳短篇小说集》（2001年）、李文俊选编的《外国中短篇小说藏本：福克纳》（2013年）。不过，后两个选本基本沿用了三十年前的旧译，很多经典篇目几无重译或新译。

从文学翻译的角度来看，时代的变迁、现代中文的发展、阅读语境的不同、文学理念与学术认知的变化，使得"经典重译"必不可少！经典名著每隔三四十年推出新译本，应该是一个合理的做法，而且在国外也比较通行。就福克纳而言，一百二十篇左右的短篇小说中，被翻译成中文的仍然是少数。各个选本的篇目数从未超出二十，更不要说全集了。

作为陕西师范大学出版总社和上海雅众文化合作策划的"悦经典"系列译著之一，本书不可能、也无意搞一个大而全的选集。我们只选译了福克纳的十二个短篇，其中十篇为经典重译，最后两篇《幻恋症》与《雪》在国内尚属首译。福克纳的不少短篇小说都有不同的版本，本书主要以《福克纳短篇小说集》（1950年）、《福克纳未编短篇小说选》（1979年）中的原文作为翻译底本。

本书选定这十二个短篇，主要基于以下几个因素：第一，《干旱的九月》《致悼艾米丽的玫瑰》《夕阳》《红叶》《纵火案》《曾经的女王》等经典是绝无可能遗漏的必选篇目，不同版本的福克纳短篇小说选集几乎都有收录。第二，福克纳的短篇与长篇的关系错综复杂，不少短篇后来被改写、扩写并融入长篇中，但它们的文学价值绝不亚于那些带有后现代拼贴特点的长篇"母体"，而本书选译了《荒野老熊》《沃什的怒火》这两个短篇，意在突出它们独立自主、自成格局的短篇品性。第三，一些短篇不太为国内选家重视，却能充分反映福克纳短篇小说艺术风格多样化的特点，如《猎熊趣闻》《卡尔卡索纳》《幻恋症》《雪》等。

三

中国当代作家莫言说过，翻译作品都是"翻译家嚼过的馍"。实际上，译者是先把馍嚼碎了，然后又做了一个馍而已。也许，很多译者自以为保留了大部分的"原汁原味"，但此馍已非彼馍也。这一差异是信奉解构主义翻译观的人所着力强调的。从理论上讲，这样的非本质主义认识论无可厚非，但是在翻译实践中，本质主义翻译观仍然是无法抛弃的。对译者或读者而言，原作总是先在地隐含了主旨、人物、情节、风格、隐喻、意象、象征、反讽等丰富的艺术要素，这些要素构成了艺术作品的结构性特征，是特定文本的"本质性""规定性"内核。在翻译过程中，忠实于这些约定俗成的"本质性""规定性"内核，应该是翻译理念或翻译伦理中的题中应有之义吧。有鉴于此，本书对福克纳短篇小说的翻译，主要遵循当下国内翻译界的普遍做法，即严格对照福克纳的原文逐字逐句翻译。"忠实于原文"的准则是从不敢轻易放弃的，希望译出来的东西能经得起中英文双语对照。当然，译文是供中国读者来阅读的，"耐得住读"也是时时挂记在心上的不变准则。

一百多年前，翻译家严复曾发出过"译事难"的沉重感叹，大凡译者，莫不感同身受，而且各有各的难处。翻译福克纳，最难之处莫过于那些如幽灵般频现的繁复悠长的句式了。这些长句，乍一粗看，酷似剪不断理还乱的一团乱麻；定睛细看，又如同难以破解的复杂密码，无情挑战着译者的中文能力与翻译理念。作为译者，是要根据"意群"将长句截断、分割成不同的短句，然后用清晰晓畅的中文转译和传达，还是甘冒被中文读者指责为"生硬""翻译腔""食洋不化"的风险，保留那繁复悠长、回环往复的文体特点？真所谓鱼和熊掌不可兼得。"信"与"达"永远是一对纠缠不清的冤家，即使是在译界公认的名家名译中，也不难发现顾此失彼的蛛丝马迹。

本书对几个短篇的译名作了变通处理，似有必要略作说明。*A Rose for Emily* 可能是中国读者最为熟悉的福克纳短篇了。大多译者将篇目译为"献给艾米丽的一朵玫瑰"，但这个译名易被误解。这支"玫瑰"

不是某个情人送给艾米丽表达爱意的玫瑰。这个标题说的是"我们镇上的人"在艾米丽去世后，要在她的葬礼上献上一朵玫瑰以示悼念。杨岂深先生的中译名"纪念艾米丽的一朵玫瑰花"比较切合原意，但很遗憾，后来不少选本都将"纪念"置换成了"献给"。本书取译名"致悼艾米丽的玫瑰"，力图突出或重申复数叙述者"我们"对艾米丽这座"倒塌的丰碑"的哀悼之意，以及整部作品盖棺定论式的叙事蕴含。

  The Bear 也是不少中文读者百读不厌的名篇佳作。不多的几个中译文取译名为"熊"，似乎没有体现篇名中定冠词"the"的特殊含义。如果直译的话，应该是"那头熊"，也就是作品中那头名闻遐迩、在很长时间里神龙见尾不见首的"老本熊"了。取译名《荒野老熊》是斗胆"迁就"一下中文语境约定俗成的表达习惯，同时也试图强调这个短篇与《去吧，摩西》中的同名章节并不相同的主旨内涵。这里不妨看一看福克纳在作品中是如何描述这头老熊的："在老熊的名号下，奔跑着的甚至不是一头终有一死的动物，而是一只不合时宜的怪兽；它不屈不挠，不可征服，仿佛来自一个已经消亡了的古代，是古老荒野世界中的一个幽灵，一个缩影，一个神灵。渺小的人类蜂拥而至，带着愤怒、憎恨与恐惧开垦着荒野上的土地，犹如侏儒们围住一头昏昏欲睡的大象的脚踝忙碌着。而那头老熊显得孤寂，不可征服却孑然一身，没有伴侣，没有子女，永生不死——如同耄耋之年的普里阿摩斯失去了耄耋之年的妻子，却比他的所有儿子活得还要长寿。"另外，《猎熊趣闻》《沃什的怒火》与原作篇名也不一致，其用意也大致如此。

  本书的两个短篇《猎熊趣闻》和《昔日的女王》分别由我的博士研究生李翼、硕士研究生曹思宇执笔译出，笔者曾对照原文仔细校译过。另外，黄辉辉、陈军、韩海琴、胡妍等上海外国语大学博士生、硕士生曾对部分译文提出了建设性意见，在此深表谢忱！

张和龙

2014 年 7 月

目　录

干旱的九月

1

　　整整六十二天大旱无雨后，有一桩谣言，或者说一个传闻，不管你叫它什么吧，就像干草堆里扔进了一簇火苗，迅速燃烧蔓延，穿透了九月残阳如血的黄昏。那是关于米妮·库柏小姐和一个黑奴的事儿。什么强暴啊，侮辱啊，恐惧啊——就在那个星期六的晚上，人们聚集在理发店里，不清楚究竟发生了什么。天花板上的吊扇没有吹来清爽的凉风，而是不停地搅动着浑浊的空气，将一股股浓烈的洗发水和润发膏的陈腐味儿，还有人群中呼出来的污浊气息和身上散发出来的汗馊味儿，又源源不断地吹回到他们的身上。

　　"这事儿绝不是威尔·麦斯干的！"理发师说。他人到中年，身形偏瘦，褐色皮肤，神情和善。他正在给一位顾客理发。"我了解威尔·麦斯，他是一个心地善良的黑奴。我也了解米妮·库柏小姐。"

　　"你了解她什么？"第二个理发师说。

　　"她是谁？"那位顾客问，"一位年轻姑娘？"

　　"才不是！"理发师说，"她的年纪在四十岁左右。还没结婚呢。所以我为什么不相信……"

"什么信不信的，见鬼去吧！"一个大块头青年破口大骂。他身上的丝绸衬衫汗渍渍的。"你宁可相信黑鬼的话，也不相信白种女人的话吗？"

"我不相信威尔·麦斯会做出这种事情来！"理发师说，"我了解威尔·麦斯。"

"兴许你知道是谁干的。兴许你已把他送出镇子了，你这个该死的亲黑鬼的家伙。"

"我不相信真有那么一回事。我觉得什么事也没发生。伙计们，你们想想看，要是女人岁数大了还没结婚的话，她们会不会对男人胡思乱想……"

"你真是一个混账的白人！"理发的顾客呵斥道。他在裹身的围布下动了动。大块头青年跳起脚来。"你不相信？"他反问道，"你是在指责白种女人撒谎吗？"

那个顾客几乎站了起来，理发师只好将剃刀停在半空。他并没有回头。

"全怪这该死的天气。"另一个人说，"碰到这种鬼天气，男人们什么事都能干得出来——甚至对她也能干得出来。"

谁也没笑。理发师用温和而坚定的语调说："我可没有指责别人的意思。我明白，你们也都明白，一个女人怎么会……"

"你这个该死的亲黑鬼的家伙！"年轻人骂道。

"住嘴，布奇！"另一个人说，"我们还是把真相查清楚，回头再行动也不迟啊。"

"谁去查？谁去查清真相？"年轻人说，"真相，见鬼去吧！"

"你真是个优秀的白人青年。"顾客说，"难道不是吗？"他的胡须上涂满了泡沫，看起来就像是动画片中的小跳鼠。"你告诉他们，杰克，"他对大块头青年说，"如果这个镇子上的白人都死光了，你们还可以把我算进来，尽管我只是一个推销员，而且还是外乡人。"

"你说的对，伙计。"理发师说，"首先得把真相查清楚。我了解威尔·麦斯。"

"得了吧，我的上帝！"年轻人大叫，"想不到，这个镇子上还有一个白人——"

"住嘴，布奇！"第二个开口说话的人说，"我们有足够的时间来查啊。"

那位顾客抬了抬屁股，朝他看了过去："难道你认为，黑鬼强暴了白人是可以饶恕的吗？难道你想说，你是白人却赞成这样的事情吗？你最好滚回北方去，从哪儿来滚回到哪儿去。南方不需要你这样的人。"

"什么北方北方的？"第二个人说，"我可是土生土生的本地人！"

"嗨！我的上帝啊！"年轻人感叹。他用紧张而困惑的目光朝周围扫视着，仿佛尽力回忆起他想说的话和想做的事情来。他用袖子擦了擦脸上的汗珠。"该死的，我绝不会让一位白种女人——"

"你告诉他们，杰克，"那位推销员说，"看在上帝的份上，要是他们——"

理发店的纱门被砰的一声撞开了。一个人走了进来，他叉开双腿站在那儿，身形笨重，姿态轻松。他身穿白色衬衫，领口处敞开着，头上戴着一顶毡帽。他用咄咄逼人的目光打量着人群。这个人的名字叫麦克兰顿，曾在法国前线做过指挥官，因为作战英勇获得过荣誉勋章。

"喂！"他大喊，"难道你们打算就干坐在这儿，任凭黑鬼在杰弗逊的大街上强奸白人吗？"

布奇又跳了起来。他的丝绸衬衫紧紧地粘在宽大的肩膀上，两个腋窝下都渗出了淡褐色的半月形汗渍。"我刚才就是这么跟他们说的！我刚才就是——"

"真的发生强暴了吗？"第三个人反问道，"就像霍克肖说的那样，她可不是第一次被男人惊吓了。想想一年前吧，说什么有个男人躲在厨房的屋顶上，偷偷摸摸地看她脱衣服呢！"

"你说什么？"理发的顾客问，"那是怎么回事？"理发师又慢慢地把他按回到椅子上。他斜靠在椅背上，依然仰着头，理发师继续用力往下按着。

麦克兰顿突然转头冲第三个说话的人喝道："有没有发生强暴，真他妈的有那么重要吗？难道你们就这样放过这帮黑鬼，干等着事情真的发生吗？"

"我刚才就是这么说的！"布奇大喊。他漫无目的地乱骂了一通。

"嗨、嗨。"第四个人说，"声音小点。不用大喊大叫。"

"对！"麦克兰顿说，"根本没必要再啰唆什么了。该说的话我都说了。谁愿意跟我走？"他踮一踮脚尖，眼睛朝四下打量着。

理发师把推销员的头往下按住，剃刀停在半空："还是先把事情查清楚吧，伙计们。我了解威尔·麦斯。绝对不是他干的。我们还是把警长找来，不要冤枉了好人啊。"

麦克兰顿突然把愤怒而僵硬的脸转向他。理发师的目光并没有躲开。他们俩就像是来自两个不同的种族。正在理发的其他理发师也停下了手中的活。"你的意思是说，"麦克兰顿喝问，"你宁可相信黑鬼的鬼话，也不相信白种女人的话吗？真他妈的，你这个该死的亲黑鬼的——"

第三个说话的人起身抓住麦克兰顿的胳膊。他本人也当过兵。"得了，得了。我们还是把事情搞清楚再说。有谁知道究竟发生了什么吗？"

"搞清楚个鬼！"麦克兰顿把自己的手臂挣脱开了，"愿意跟我走的人站出来。不愿跟我走的人——"他朝四下扫视着，同时用衣袖在脸上抹了一把。

有三个人站了起来。推销员在椅子上坐直了身体。"还有我呢！"他一边说着，一边扯着脖子上的围布，"把这块破布从我身上拿开。我跟他去。我可不是这儿的人，上帝啊，要是我们的母亲、妻子、姐妹……"

6

他用围布在脸上擦了一把，随后丢到地上。麦克兰顿站在那儿，对着其他人骂骂咧咧。又一个人站了起来，朝他走去。剩下的人坐立不安，彼此不敢对视，随后也一个接一个站了起来，加入到他的行列中。

理发师从地上捡起了围布，整齐地叠了起来。"伙计们，可不能这么做啊。威尔·麦斯绝对没有干！我了解他。"

"去你的吧！"麦克兰顿说完，猛地转过身子，裤子口袋里露出了一把笨重的自动手枪的枪柄。他们走出理发室，身后的纱门砰地关上，在死寂的空气中发出了一声闷响。

理发师小心迅速地擦好剃须刀，把它放了起来，然后跑步来到后室，从墙上取下帽子。"我会尽快赶回来的。"他对另外两位理发师说，"我可不能让——"他快步走了出去，一路小跑着。两位理发师追着他来到门口，纱门正好反弹了回来。他们探身出去，目送他一路远去的背影。空气凝固而沉闷。舌根处能感受到金属的味道。

"他赶过去能有啥用呢？"第一个理发师说。第二个理发师小声嘟囔着："上帝啊，上帝！可不要把麦克兰顿给惹恼了呀，要不然霍克肖就和威尔·麦斯一样惨了。"

"上帝啊，上帝！"第二个理发师一直喃喃自语。

"你觉得真是威尔·麦斯干的吗？"第一个理发师问。

2

她的年纪约莫三十八九岁。她的母亲身有残疾，行动不便。她的姨妈体形瘦小，面色枯黄，但吃苦耐劳。她们三人住在一栋矮小的木板房内。每天上午十点至十一点，她都会出现在走廊上，头戴一顶花边女帽，坐在门廊的秋千上荡来荡去，一直荡到中午时分。午饭后，她总会在床上躺上一会儿，直到下午天气变得凉爽起来。午后时分，她会从每年夏天新买的三四套薄纱连衣裙中，挑出一件穿上，然后前往镇中心的商铺，与其他几位女友一道消磨整个下午。她们在店铺里挑挑拣拣、叽叽喳喳、毫不留情地讨价还价，却根本没想过要买点什么。

　　她的家境殷实——尽管不是杰弗逊小镇上最富裕的人家，但也还算宽裕。她身材依然苗条，但长相一般；虽然面色亮堂，可神态却略显憔悴。年轻时，她身材秀颀，体态健美，浑身迸发出内在的活力。曾有一段时间，她在同辈人参加的高中舞会和教会联谊会中，借着美貌登上了小镇社交生活的顶峰，只是当年她还少不更事，尚未形成阶级意识。

　　然而芳华岁月逐渐消失，她却始终未能明悟。那些才华与外表略逊一筹的同辈人当中，男的开始对她冷落不屑，并以此为乐；女的对她心生报复，且乐不可支。打那时起，她的面色虽然亮堂，但神态却变得憔悴了。她仍然带着这个既像面具又像旗子的面容，继续参加昏暗的门廊与夏日的草坪上举办的各种舞会，拒不接受亲眼看到的事实，内心深处却满是困惑与恼怒。有一天晚上，她在舞会上听见一位男同学和两位女同学的闲言碎语后，就再也没有接受任何邀请了。

　　她眼看着与自己一道长大的女友们一个个结婚嫁人，生儿育女，但是却发现始终没有一个男人钟情于她。没过几年的光景，女友们的孩子开始用"阿姨"来称呼她了。孩子们的母亲用愉快的声音对孩子们说，米妮阿姨年轻的时候真是人见人爱啊。这时候，镇子里的人开始发现每个星期天的下午，她和银行的一位出纳员同车兜风了。他是一个四十岁左右的鳏夫，肤色黝黑，身上总有淡淡的洗发水或威士忌的味儿。他是镇子上第一个买汽车的人，那是一辆红色小型敞篷车。而米妮则是镇子上第一个头戴汽车软帽和面纱的人。那会儿，镇子上的人议论纷纷"可怜的米妮啊！""她的年纪可不小了，应该能照顾自己了。"也就在这个时候，她开始让女友的孩子们不再叫她"阿姨"，而改叫"表姐"了。

　　公共舆论谴责她与男人勾搭成奸，已经是十二年前的事了。那位

8

出纳员到孟菲斯的银行工作，算来也有八个年头了。他每年圣诞节回来一趟，参加河边狩猎俱乐部举办的年度单身聚会。邻居们透过窗帘能够看见这帮人打门前经过。她们在圣诞节串门访友时，顺便跟她讲了出纳员的情况，说他面色如何红润啦，说他在孟菲斯如何春风得意啦。她们一边说着，一边用明亮的眼睛偷偷打量着她那既亮堂又憔悴的面容。通常在那段时间里，她的呼气中会散发出威士忌的味儿。威士忌是一个年轻人——苏打水小店的一个伙计卖给她的。"是的。是我卖给这个老姑娘的。我觉得她有权让自己乐呵一下吧。"

她的母亲整日闭门不出，枯瘦的姨妈打理着整座房子。在那样的情况下，米妮穿着亮丽的衣裙，在闲暇和空虚中打发时光，算是与现实严重脱节了。每天晚上，她都要去看看动画片，只和女友、邻居一道。每天下午，她就挑出一件新衣服穿上，自个儿到闹市区闲逛。那些年轻的"表妹们"在午后的街道上嬉戏玩乐，她们的头发精美光滑，手臂纤细，屁股故意扭动着。她们要么自个儿凑在一起玩着，要么与苏打水小店里的男孩一道嘻嘻哈哈，大喊大叫。她从这群孩子的身旁经过，打满街的店铺门前走过，门廊里坐着或斜躺着的男人们已经不再用目光追随她的身影了。

3

理发师快步来到街上，稀疏的路灯上飞虫盘绕，生硬刺眼的强光照亮了死寂的空气。白天已经在阴沉的灰霾中死去，漆黑的广场上覆盖了一层疲惫了的灰霾。广场上方的天空犹如铜钟的内壁一样清澈，内壁上挂着一轮明亮硕大的圆月。

他赶过去的时候，麦克兰顿和另外三个人已经登上了停在巷子里的汽车。麦克兰顿低下肥硕的脑袋，从车窗朝外面看过来。"你改主意了，是不是啊？"他问，"该死的这可太好了！上帝啊，明天镇子上的人都会传你今晚说过的话。"

"好了，好了。"退役士兵说，"霍克肖没问题。来吧，霍克肖。上车吧。"

"绝不是威尔·麦斯干的，伙计们。"理发师说，"说不定什么事也没发生。其实呀，你们都和我一样明白，我们镇子上的黑人比其他镇子上的黑人老实多了。你们都明白，有的女人喜欢对男人胡说八道，那常常是毫无来由的。话说回来，米妮小姐——"

"没错！没错！"退役士兵说，"我们只是过去跟他说道说道，没别的。"

"说道个鬼呀！"布奇说，"我们就是要干掉这个——"

"别乱说！看在上帝的份上！"退役士兵说，"难不成你想让镇上的每一个人——"

"就是要让他们知道，我对上帝发誓！"麦克兰顿说，"好好警告这帮兔崽子们，竟然对白种女人——"

"我们走吧，走吧。还有一辆车子到了。"第二辆车呼啸地开了过来，在巷子口掀起了一团尘土。麦克兰顿启动了他的车子，开在了前面，腾起的尘土犹如下了一场浓雾。街道两旁的路灯泛起了一轮轮的光晕，如同浸泡在水中一般。他们的车子径直开出了镇子。

凹凸不平的巷子向右拐去。巷子里弥漫着尘土，地面上也是如此。黑魆魆的制冰厂矗立在夜幕的天空下。黑奴麦斯是这家制冰厂的值夜看守。"我们最好把车停在这儿，好不好？"退役士兵说。麦克兰顿没有理睬他，他将车子猛地开了过去，随后戛然停住，汽车前灯的强光照在光秃秃的墙壁上。

"听我说，伙计们，"理发师说，"如果他还在这儿的话，正好说明事情绝不是他干的，是不是啊？如果真是他干的，他早就跑掉了。你们难道看不出来吗？"第二辆车子开过来，也停了下来。麦克兰顿下了车，布奇也跳下车，站在他的身旁。"听我说，伙计们。"理发师说。

"关上车灯！"麦克兰顿说。无声无息的夜幕笼罩着四方。黑暗中万籁寂静，只听见这群人粗重的呼吸声。过去两个月来，他们一直生活在这令人窒闷的尘土中。不一会儿，麦克兰顿和布奇的细碎脚步声渐行渐远，随后传来了麦克兰顿的呼喊声："威尔！威尔！"

夜幕笼罩的天空中，惨白而泛红的月晕越来越大。月亮在山峦的上方喘息着，给天空，给尘土镀上了一层银色的亮光。他们仿佛浸泡在一碗融化的铅液中，呼吸着，苟活着。四周既没有夜鸟的叽喳声，也没有昆虫的吱吱声，一切悄无声息，只有他们的呼吸声，还有车身外壳收缩时发出的轻微嗒嗒声。他们的身体挨到一起的时候，流出来的热汗似乎干涸了，身上已经不再湿滑。"上帝啊！"一个声音在说，"我们下车吧。"

可是他们没有动，直到黑暗的前方传来模糊的嘈杂声。这时，他们下了车，在悄无声息的夜幕下紧张地等待着。随后又传来了另一种声音——大口喘气的呼呼声。麦克兰顿低声咒骂着。他们站了很长一会儿，然后朝前跑去。他们跟跟跄跄地跑着，好像逃避着什么。"杀了他，杀了这兔崽子！"一个声音在低吼。麦克兰顿用手拦住了他们。

"别在这儿。"他说，"把他弄上车。""杀了他，杀了这个黑崽子！"那个声音继续咕哝着。他们将黑人拖上了车。理发师一直等在汽车旁。他能感觉到自己在流汗，他知道他的胃就要难受了。

"怎么回事啊，上尉？"黑人问，"我什么坏事也没做呀。我对上帝发誓，约翰先生。"有人掏出了手铐。他们围着他手脚并用，好像他只是一根柱子。他们谁也没说话，专心致志、碍手碍脚地忙活着。黑人把手伸向了手铐，迅速而不断地打量着眼前一张张模糊的脸。"那是谁呀，上尉？"他边说边俯下身子，凑到别人的脸上查看着，连他的呼气都能听到，脸上的汗馊味儿都能闻到。他叫出了一两

11

个人的名字。"你们都以为我干过什么呀，约翰先生？"

麦克兰顿将车门砰的一声拽开。"进去！"他命令道。

黑人没有动弹。"你们要把我怎么样，约翰先生？我什么坏事也没干啊。白人先生们，上尉，我什么坏事也没干啊。我对上帝发誓！"他又叫出了另外一个名字。

"进去！"麦克兰顿喝道，随后抬手打了黑人一拳。其他人吐出一口气，吭哧吭哧地拥上来，一顿乱拳砸在他的身上。他感到一阵头昏目眩，开始破口大骂，双手挥舞着手铐隔挡在脸前，并重重地打在理发师的嘴巴上，理发师也回敬了他一拳。"把他弄上车。"麦克兰顿喊道。他们用力推搡着他。他不再挣扎了。上车后，他一声不吭地坐着，其他人也都上了各自的车子。他夹在理发师与退役士兵中间，蜷缩着身子，不想碰到他们。他的眼睛不停地转动着，迅速打量着车内的一张张面孔。布奇站在脚踏板上。车子开动了。理发师掏出手绢捂在嘴巴上。

"你怎么啦，霍克？"退役士兵问。

"没什么。"理发师说。车子开回到公路上，离开了小镇。第二辆车拉开了一段距离，躲避着前车扬起的尘土。他们朝前行驶，不断加速，最郊外的房子也被抛在了车后。

"该死的，他身上有股臭味儿！"退役士兵说。

"我们会摆平的。"与麦克兰顿一起坐在前排的推销员说。站在脚踏板上的布奇诅咒着那一阵阵火热的干风。理发师突然向前俯过身子，碰了一下麦克兰顿的胳膊。

"让我下车，约翰。"他说。

"跳出去吧，亲黑鬼的家伙。"麦克兰顿说道，头也没回。他飞快地开着汽车。第二辆车的耀眼灯光照亮了前车腾起的尘土。不一会儿，麦克兰顿把车子开到了一条小路上。这条小路已很久不用，上面坑坑洼洼。它的远端是一座废弃的砖窑——那儿有一座座泛红的小土墩，还有一排排无底的窑炉，里面杂草丛生，藤蔓缠绕。这个地方曾被人当作牧场，直到有一天牧场主人走失了一头骡子。尽管他用长长的竹竿朝窑炉里仔细捅过，但是窑炉深不见底。

"约翰！"理发师说。

"你就跳车吧。"麦克兰顿一边说，一边沿着坑坑洼洼的小路把车开得飞快。坐在理发师旁边的黑人叫着："亨利先生！"

理发师把身子朝前挪了挪。狭窄的路面朝汽车冲过来，随后被甩在了车后。迎面的疾风犹如从熄火的熔炉中吹过来一般，热度不再，却令人窒息。车子在坑坑洼洼中颠簸前行。

"亨利先生！"黑人叫着。

理发师开始用力踹着车门。"小心，留神！"退役士兵说。但是理发师已经把车门踢开，晃晃悠悠地站到脚踏板上。退役士兵歪过身子，越过黑人，想抓住他，但是他已经跳下去了。车子没有减速继续朝前开去。

跳车时的冲力带着他冲过积满灰尘的草丛，最后摔进了一条壕沟中。周围的尘土噗地飞腾起来，干枯的草叶发出了清脆、恼人的断裂声。他躺在那儿，感到气闷而恶心。直到第二辆车子开过去，马达声逐渐消失，他才站起来，一瘸一拐地走着，来到马路上，转身面对镇子的方向。他用手掸了掸身上的泥土。月亮升得更高了，终于越过低空的尘埃，显得格外清澈明亮。不一会儿，尘土笼罩下的小镇泛出了亮光。他一瘸一拐地向前走去。这时，他听到身后传来了汽车的轰鸣声，以及越来越亮的刺眼灯光。他离开了马路，再次蜷缩在草丛中，直到车子远去。随后，麦克兰顿的车子也开过来了。车上只有四个人了，布奇也坐在车子里。

汽车继续向前开去。尘土吞没了车身，灯光与轰鸣声也慢慢消失了。车子掀起的尘土在空中飞舞了好一会儿，但是没过多久，又回落到永恒的地面上。理发师回到马路上，跛着脚朝镇子走去。

4

那个星期六的傍晚，她在饭前更衣时，浑身感觉像发了烧一样。她的双手扣着衣扣，却不停地颤抖；她的眼睛里露出发烧时的神情；梳头时，鬈曲的头发发出了脆脆的噼啪声。女友们过来找她的时候，她还在更衣打扮。她们坐了下来，看着她穿上轻薄透明的内衣和长筒袜，换上了一件崭新的薄纱连衣裙。"你今天这状态能出门吗？"她们问她，明亮的眼睛中闪过一丝忧虑。"等你的状态完全恢复了，一定要告诉我们究竟发生了什么。他说了什么，做了什么，全都告诉我们。"

她们穿行在昏暗的树阴下，朝广场的方向走去。这时，就像是游泳的人即将潜水一样，她开始大口大口地呼吸起来，直到浑身不再哆嗦发颤为止。四个人步履缓慢，一来是因为天气异常炎热，二来是为了消除她的焦虑。就在快要走到广场的时候，她的身体又开始哆嗦起来。她仰着头朝前走着，用握紧的双拳抵在太阳穴上。身旁的女友们窃窃私语，眼睛里也闪烁着发烧一般的神情。

她们走进广场。米妮身穿崭新的连衣裙，夹在女伴中间，显得十分柔弱。颤抖越来越严重了，步履也越来越缓慢了，就像是吃着冰激凌的孩子。她高昂着头，憔悴面容上的那双眼睛依然炯炯发光。她在经过旅馆的时候，那些袒露上身坐在椅子上的小贩们纷纷转头朝她看去。"就是那个女的，你瞧见了吗？中间穿粉红色衣服的那个。""真的是她？他们把那个黑鬼怎么着了？他们把他——？""没怎么着，他没事。""真的没事吗？""是的。他只是作短暂旅行而已。"她们走过药店的时候，连在门廊上闲逛的年轻人也抬帽示意，只是他们的眼睛却盯上了她扭动的屁股和双腿。

她们从这些举帽示意的男人身旁经过，窃窃私语声便戛然而止，人们不再信口议论，而是显得小心翼翼。"你看到了吗？"女友们一边说着，一边发出了长长的、啧啧称奇的感叹，声音里透着得意，"广场上没有一个黑鬼。一个也没有了！"

她们来到了电影院。那儿仿佛是一个微缩版的仙境。大厅里灯火通明，彩色海报上所描绘的是变化无常、既可怕又美丽的人生境况。她的嘴唇抖动了起来。等灯光熄灭电影开映的时候，情况就会好转的，所以她尽力憋住发笑的冲动，不至于过早地笑出来。她加快了步子，人们纷纷转头朝她看去，并发出了低沉的惊讶声。她们找到了熟悉的老位置，那儿可以看见强光照耀下的过道，可以看见成双结对的青年男女们走进来。

灯光骤然熄灭，银幕上闪着光，此刻展现在眼前的是人生的美丽、激情或悲伤。年轻男女们依然在不断进场，半明半暗中能闻到他们身上的香水味，能听见他们的喁喁私语声，他们的背影显得雅致润泽，秀颀敏捷的身体略显笨拙，却透着青春的活力。银幕上的梦想在不断演绎着，无可阻挡地延续着。就在这时，她放声大笑起来。她本来想憋住笑声，可是却发出了更大的笑声，惹得观众纷纷回头看。在狂笑中，女友们把她扶起来，带着她出了电影院。当她站到人行道上的时候，依然狂笑不止，声嘶力竭。出租车来了后，女友们把她扶上了车。

女友们替她脱下粉红色的连衣裙、透明的内衣和长筒袜，把她扶到床上躺下，在她的太阳穴放上碎冰，派人去叫医生。医生一下子没有找到，她们只好留下来照料她，这会儿她又时断时续地大笑起来。她们不断地更换碎冰，替她扇风降温。在冰的作用下，她止住了笑声，静静地躺了一会儿，只发出轻微的呻吟声。可是没过多久，她的狂笑再次爆发，那声音变成了歇斯底里的尖叫。

"嘘嘘嘘！嘘嘘嘘！"女友们一面劝止，一面更换冰袋。她们捋顺了她的头发，查看着她头上的白发。"可怜的姑娘啊！"她们交头接耳起来，"你们觉得真有那么回事吗？"她们的眼睛忽明忽暗地闪烁着，既神神秘秘，又不无动容。"嘘嘘嘘！可怜的姑娘啊！可怜的米妮！"

5

　　麦克兰顿开车回到自己漂亮的新居时，已经是午夜时分。他的房子方方正正，小巧玲珑，就像一只鸟笼儿一样。墙上刷着绿白相间的油漆，显得干净整洁。他锁好车门，登上门廊，进了屋子。他的妻子从台灯旁的椅子上起身相迎。麦克兰顿停下脚步，瞪着眼睛看她，直到她目光垂下。

　　"你看一看那钟！"他边说边抬手指了过去。他的妻子站在他的面前，低垂着头，手里拿着一本杂志，她脸色苍白，神情紧张，看起来很疲劳。"我不是跟你说过吗，不要这样熬夜等我，看我什么时候回家？"

　　"约翰！"她一边说着一边放下手中的杂志。他却稳稳地站在那儿，脸上淌着汗，用通红的眼睛直瞪着她。

　　"我不是跟你说过吗——"他朝她走去，她抬头看他。他一把抓住她的肩膀，她只好一动不动地站着，眼睛仍然看着他。

　　"不要这样，约翰！我睡不着……天气太热了，也不知道怎么了。请你不要这样，约翰！你弄疼我了。"

　　"我不是跟你说过吗——"他松开手，半推半搡地把她扔到躺椅上。她躺在那儿，静静地看着他离开房间。

　　他穿过屋子，一把扯下衬衫，站在屋后屏蔽的门廊里用衬衫擦着脑袋和肩膀，随后将衬衫扔在一边。他从裤袋里取出手枪，把它放到桌子上，然后坐到床上，脱下鞋，站起身，又将裤子褪了下来。他的身上流了很多汗，于是又弯下腰，气呼呼地找着刚刚扔掉的衬衫。终于找到了，又用衬衫擦了擦身子，最后靠在满是尘土的墙壁上。他站在那儿，大口喘着气。四周没有动静，没有声音，甚至也没有虫声。在冰冷的月光下，在群星的凝视下，这个黑暗的世界似乎被击倒了。

致悼艾米丽的玫瑰

1

艾米丽·格瑞尔森小姐去世了，我们全镇的人都去参加葬礼。男人们怀着某种敬意去瞻仰这座倒塌的丰碑，女人们则大多出于好奇，想窥一眼深宅老院的内貌。除了那个老黑奴——艾米丽的园丁与厨子外，镇里的人至少有十年光景没进她的家门了。

这是一座方方正正的大宅子，一度漆成白色。圆形屋脊，尖顶装饰，涡轮形状的阳台带有七十年代的明快风格。它坐落在小镇曾经最考究的街道上，不过，修车铺与轧棉厂已经将这条久负盛名的老街蚕食殆尽。只有艾米丽小姐的老宅硕果仅存，在棉花车与加油泵中间显得桀骜不驯，撩人眼球，但其衰败破落之状极为丑陋，难看之极。此时此刻，艾米丽小姐也加入到小镇作古名人的行列，静卧在雪松环抱的墓园中。这座墓园里还安葬着杰弗逊战役中阵亡的南北双方无名士兵的遗骨。

在世的艾米丽小姐曾是小镇传统的化身，象征着责任与关爱。她是小镇世袭下来的某种义务。早在1894年的某日，萨多里斯上校——那位最早下令黑人妇女不穿围裙不得上街的镇长——就免除了她的赋税，而且从她父亲去世之日算起，终身有效。艾米丽小姐并不情愿接受这一慈善之举。于是萨多里斯上校虚构了一个貌似相关的理由，声称小镇曾向艾米丽小姐的父亲借过一笔款子，因此决定用豁免税赋的方式作为回报和补偿。上一代人中，只有萨多里斯这样有想法的人能编出这样的说辞，也只有女人们才信以为真。

后来，具有更多现代思想的人当上了镇长和议员，大家对免税之事颇有微词。第一年的一月，他们寄来了税单。到了二月，都没有收到她的反馈。于是他们又发了一封正式公函，敦请她方便时去一趟郡长办公室。一周后，镇长亲自执笔写信，提出要主动登门拜访，或安排专车把她接来。她在一张老式便笺上写了回信，字体纤细流畅，字迹暗淡，大意是说她从不出门会客，并随信退回了税单，对之未置一词。

于是小镇议员们召开了特别会议，成立专门小组登门拜谒。可是她在八年或十年前不上瓷画课的时候起，就已经闭门谢客了。那位老黑奴开门纳客，将他们领进灰暗的楼道内；而楼梯的上方笼罩在更加灰暗的阴影中。屋子里尘埃扑鼻，潮气袭人。黑奴领着他们进了厅堂，只见满屋的家具全都裹着皮革；老黑奴打开百叶窗时，大家发现皮革上满是裂痕。他们落座时，只见微小的尘埃在身下冉冉腾起，在一缕阳光的照射下缓慢地转动着。火炉前生锈的镀金画架上，矗立着一幅艾米丽小姐父亲的蜡笔画像。

她走进厅堂的时候，大家起身示意。她身材矮小，通体肥胖，一袭黑衣，一根细细的金链子垂落腰间，消失在皮带内。她挂着一根乌木手杖，镀金的杖头锈迹斑斑。她的脑袋干瘪瘦小，也许正是这个原因吧，同样的丰腴对她而言就变成了肥硕。她的外表显得臃肿，肤色惨白，仿佛是死水中长期浸泡过的尸身。她的脸部堆满了脂肪，双眼眯缝在皱纹中，如同两颗细小的煤球被塞进了一大块面团。来访者说明来意的时候，只见她的双眼在大家的脸上睃过来睃过去。

她并没有请大家坐下。她自己就站在门旁，静静地听着，直到说话者结结巴巴地停下。这会儿，大家能听见金链子的末端传来看不见的怀表的滴答声。

她说话的声音干涩，语气冷淡："我在杰弗逊是不用纳税的。萨多里斯上校亲口说的。只要你们找到相关记录，这事儿自然就清楚了。"

"我们找过。我们就是政府派来的代表，艾米丽小姐。你没有收到郡长签名的纳税单吗？"

"哦，我收到过一份文件。"艾米丽小姐说，"谁知道他是不是冒充的郡长……我在杰弗逊是不用纳税的。"

"可我们在档案里查不到任何记录。你瞧，我们必须遵守……"

"你们去找萨多里斯上校吧。我在杰弗逊是不用纳税的。"

"可是，艾米丽小姐——"

"你们去找萨多里斯上校吧。"（萨多里斯上校已经死了快十年了。）"我在杰弗逊是不用纳税的。托比！"黑奴应声而来。"送一送这些先生们。"

2

就这样，她干净利落地打败了他们，犹如三十年前她在臭味一事上打败了他们的前任一样。

当时，她父亲去世刚满两年，她的心上人——我们本以为会跟她结婚的心上人——刚刚抛弃了她。父亲死后，她很少出门。心上人弃她而去后，人们就根本见不到她了。一些女士们冒冒失失地去拜访她，但是都吃到了闭门羹。老宅内唯一能表明生命存在的就是那位黑奴了——当时他还是个小伙子呢——只见他提着购物篮进进出出。

"还有哪个男人能把自家的厨房收拾好？"女人们风言风语。因此，当臭味越来越大的时候，她们并没有感到惊讶。这是熙熙攘攘的世界与傲慢自大的格瑞尔森家之间的另一种联系。

邻家一位主妇向年届八旬的镇长斯蒂芬森法官投诉了。

"可是，你能让我怎么办呢，夫人？"他问。

"嗯，告诉她呀，不能再这样下去了。"那位主妇说，"不是有法规吗？"

"我看没有必要吧。"斯蒂芬森法官说，"可能只是黑鬼在院子里打死了一条蛇，或打死了一只老鼠而已。我去跟那个黑鬼说说看。"

第二天，他又接到了两份投诉，其中一位男士谨慎地提出了抗议："我们必须得做点什么，法官先生。我是天底下最不愿意打扰艾米丽小姐的人了，但是我们必须得做点什么。"那天晚上，全体议员开会商讨。议事会里有三位老者和一位年纪稍轻者。

年纪稍轻的议员说："事情很简单。告诉她把房子内外清扫一遍。给她一个期限，如果她不能……"

"算了吧，先生。"斯蒂芬森法官说，"你能当面指责一位女士说她身上有臭味吗？"

于是，第二天晚上，午夜过后，四个男人穿过艾米丽小姐的草坪，仿佛窃贼一般查探着她的老宅，或沿着墙根一路嗅探，或是在地窖的入口处用鼻子闻闻。其中一个人像播种一样不时从肩上的口袋里掏出点什么。他们撬开地窖的门板，朝里面撒上了石灰，在老宅周围也撒上石灰。当他们再次穿过草坪时，一扇本来漆黑的窗户亮起了灯光，艾米丽小姐坐在房间里，灯光照在她的身后，只见她直立着上身一动不动，宛如木偶一般。他们蹑手蹑脚地从草坪上返回，没入老街槐树的阴影中。一两个星期过后，臭味消失了。

打那时起，大家开始对艾米丽小姐感到非常歉疚。我们镇上的人都还清楚地记得，她的姑奶奶怀厄特老太太最后是如何发疯的。大家相信，格瑞尔森家里的人总把自己看得比别人高出一等。镇上的年轻人没人能配得上艾米丽小姐。我们始终把这一家人看成是一幅合影图：身材苗条、身穿白衣的艾米丽小姐站在后排，她父亲的高大身形矗立在前排，手攥着马鞭挡在她的身前，老宅的大门框构成了合影图的边框。因此，当她年届三十却依然单身的时候，我们并没有幸灾乐祸，反而觉得我们的看法得到了验证。这家人虽然有精神病史，可是要真有谈婚论嫁的好机会出现，她也不至于白白错过呀。

她的父亲去世后，留给她的唯一遗产就是那幢老宅了。不过，大家反而感到高兴了，他们终于能够同情艾米丽小姐了。她孑然一身，不名一文，已经变成了普通人。眼下她也能体验到因一分钱而兴奋或因一分钱而绝望的心情了。

她的父亲去世那天，镇上的妇女全都赶往老宅，以示哀悼并施以援手。艾米丽小姐遵照风俗，在门口迎接了她们。她依然如平时一般打扮，脸上毫无哀恸之色。她对大家说，她的父亲并未辞世。一连三天如是重复。牧师们不断去找她，还有医生们，想尽力说服她，好让他们去处理遗体。正当他们打算诉诸强制措施的时候，她就没再坚持了。人们迅速将她的父亲下葬。

我们不是说她那时候就已经疯了，我们只是相信她不得不那样做。我们也没有忘记他的父亲将所有求婚的年轻人赶走之事。我们还知道一无所有的她只能对这个曾经剥夺她婚恋权利的人恋恋不舍。这也是人之常情嘛。

3

她从此久病不起。当我们再次见到她的时候，她的头发已经被剪短，看起来更像是一位少女——那样子依稀与教堂彩窗上的那些天使们颇为相似——神情中既有悲伤，也有安详。

镇子里签订了铺设人行道的合约。她父亲去世的那年夏天，项目开工了。建筑公司带来了黑鬼、驴子与筑路机器，还有一个叫荷马·柏伦的建筑队队长。他是个北方佬，身材魁梧，肤色黝黑，动作敏捷，大嗓门，眼睛比脸色还要浅淡。男童们喜欢成群结队地跟在他的身后，看他声色俱厉地训斥那些黑鬼，看黑鬼们随着铁镐的起落齐声唱着号子。时间不长，他就认识了镇子上的每一个人。无论何时，只要你在广场附近听到串串笑声，荷马·柏伦肯定是人群的中心人物。没过多久，每个星期天的下午，我们开始看见他与艾米丽小姐驾着那辆黄色双轮马车，还有一辆出自马房的褐色辕马一同进进出出了。

起初，我们很高兴艾米丽小姐心有所属了。镇子上的女人们絮叨起来"格瑞尔森家的人当然不会嫁给一个北方佬，一个干粗活的人。"不过，也有其他人，那些年长的人说"即使是悲伤，也不会让真正的淑女忘记什么叫'尊贵品行'"……当然，他们并没有直接称之为"尊贵品行"。他们只是说"可怜的艾米丽！她的亲戚应该来陪陪她呀。"她在亚拉巴马州还有一户亲戚，但是多年前，她的父亲因为疯老太太怀厄特的房产问题与他们大吵过，两家从此再没有往来。对方甚至连她父亲的葬礼也未参加。

只要老人们说一句"可怜的艾米丽"，人们就交头接耳起来。"你认为情况真是这样的吗？"他们相互交谈着，"当然是。难道还有别的……"他们用手捂着嘴，窃窃私语。阳光灿烂的星期天下午，那一对辕马驶过街道时传来了轻快的嗒嗒声，人们便关上遮阳的百叶窗，长长的丝缎窗叶发出了簌簌的声音"可怜的艾米丽！"

她将头高高昂起——甚至当我们相信她已经堕落的时候。她仿佛比以往任何时候都想保持格瑞尔森家族最后一个人的尊严，仿佛这份尊严还需要接一点地气来确保密封性。她在购买老鼠药，也就是砒霜的时候就是如此。那时候离人们感叹"可怜的艾米丽"已有一年多了，她的两位表妹也正要来看望她呢。

"我想买点毒药。"她对药剂师说。当时她刚过三十，尽管略显单薄，但身材仍然苗条。那张脸上有一双冷淡而傲慢的黑色眼睛，太阳穴和眼窝的肌肉绷得很紧。你能想象到的灯塔守望人的脸应该就是这样。"我想买点毒药。"她说。

"好的，艾米丽小姐。哪一种？毒老鼠用吗？我推荐——"

"我要你们这儿最好的。我不在乎哪一种。"

药剂师说了好几种。"这些毒药的毒性都很强，可以毒死大象。但是你想要的是——"

"砒霜。"艾米丽小姐说，"它的毒性强吗？"

"是砒霜吗？好的，夫人。可是你要的——"

"我要的是砒霜。"

药剂师低头看着她。她也朝他看去，直着身子，她的脸就像绑紧的一面旗子。

"哦，当然可以。"药剂师说，"如果这就是你想要的。可是根据法律，你要说明一下你买砒霜派什么用场。"

艾米丽小姐只是盯着他看，仰着头，逼视着他的眼睛，直到他把目光移开。他离开柜台取出砒霜，然后包好。跑堂的黑人男孩把包好的砒霜拿给她，药剂师本人却没有回前台。她回家后打开包裹，只见盒子上骷髅标记的下方写着"毒鼠用"。

4

第二天，我们大家都在议论"看来她要服毒自杀了！"我们还说，如果能这样就最好不过了。我们第一次看见她和荷马·柏伦在一起的时候，我们都在说"她就要嫁给他了。"接着我们又说"她终究会说服他的。"荷马亲口说过他喜欢男人。众所周知，他在埃尔克斯俱乐部与更年轻的男人一起喝酒。他还说过他并不想结婚。后来，我们就在百叶窗的后面感叹了"可怜的艾米丽！"每个星期天的下午，他们俩乘坐在靓丽的马车上，艾米丽小姐高昂着脑袋，荷马·柏伦斜戴着帽子，嘴里叼着雪茄，手戴黄色手套，紧握着缰绳和马鞭。

那时候，一些女士们议论纷纷，认为这是小镇的耻辱，他们给年轻人树立了一个坏榜样。男人们却不想横加干涉，但是在女人们的压力下，浸礼会的牧师——艾米丽家的人隶属圣公会——被迫去找了她。那次见面到底发生了什么，牧师绝口不提，但是拒绝再去找她。第二个星期天，他们俩照样坐着马车招摇过市。次日，牧师的太太给艾米丽小姐在亚拉巴马州的亲戚写了封信。

她的两位亲戚又一次来到她家。我们静观着事态的发展。起初，什么事也没发生。接下来，我们确信他们俩打算结婚了。我们知道艾米丽小姐去过首饰店，订制了一套男人用的银首饰，每一件首饰上都刻有"荷""柏"的字样。两天后，我们还知道了她买过一整套男人的衣服，包括睡衣。我们真的很高兴，说"他们俩就要结婚了！"我们很高兴，是因为与艾米丽小姐相比，那两位堂姐妹更带有格瑞尔森家族的遗风。

因此，当荷马·柏伦走了后，我们并没有感到惊讶——因为马路边的人行道早就完工了。我们略感失望的是，他们俩的关系并不是公开破裂的，但是我们相信他继续准备着艾米丽小姐的到来，或者给她一个机会撵走那两个堂姐妹。（当然，这是一次共谋。我们都是艾米丽小姐的盟友，都想帮助她除掉那两个堂姐妹。）富有成效的是，一周后她俩就卷铺盖走人了。正如我们大家所期待的那样，荷马·柏伦不到三天就回到了小镇。一天傍晚，一位邻居看见黑奴打开厨房的门，让他进了老宅。

这是我们最后一次见到荷马·柏伦。有一段日子，我们还能见到艾米丽小姐呢。黑奴提着购物篮进进出出，但前门一直紧闭不开。偶尔，我们会看见她在窗前待上片刻，就像撒石灰的那个晚上人们所看见的那样。然而，几乎有整整六个月的时间，她都没有上过街。当时，我们知道这也是预料之中的事情。她作为女人的一生因为父亲而屡受挫折，她父亲那种性格的影响仿佛因为太过狠毒、太过暴躁而久久难以消失。

当我们再次看到艾米丽小姐的时候，她已经发胖，头发渐成灰白。随后的几年里，她的头发越来越灰白，直到完全变成了银灰色，此后才不再变色了。在她七十四岁去世的那天，头上仍然是充满活力的银灰色，犹如脑袋灵活的人的头发。

打那时起，她家的正门始终紧闭不开，这种状况维持了六七年的光景。直到她四十岁时，她才开始出门教授瓷画课程。

她在楼下的房间里开设了一间画室。萨多里斯上校那代人的女儿、孙女们被定期送到那儿。她们兴高采烈，如同星期天送她们去教堂做礼拜一样。她们还将二十五便士投入募捐的盘子中。与此同时，艾米丽小姐的税务已经被免除。

后来，更新的一代人成为小镇的骨干和灵魂。学画的学生们长大了，离开了画室，却不再让她们的孩子带着颜料、枯燥的画笔以及从贵妇人杂志上剪下来的图片去她那儿学画。老宅的正门在送走最后一位学生后关上了，而且是永远地关上了。当小镇提供免费邮递服务时，唯独艾米丽小姐拒绝人们将铁质门牌与邮箱安在她家的大门上，而且她也根本听不进别人的劝说。

时光飞逝，岁月荏苒。我们眼看着黑奴的头发越来越白，背越来越驼，还依然提着购物的篮子进进出出。每年十二月，我们照例给她寄去税单，一周后保准被邮局退回，上写"无人领取"。偶尔我们会透过一楼的窗户看见她——她显然已经把楼上的房间封存了起来——如同神龛里的半截雕像。她的眼睛到底是在看着我们，还是没有看我们，我们一直分辨不清。就这样过了一代又一代，她是那么尊贵、安宁、怪异，让人捉摸不透，又无法回避。

现在她去世了。她在布满尘埃与阴影的老宅内一病不起，只有那个老黑奴服侍着。我们甚至都不知道她生病了。我们早就不从老黑奴那儿打听她的事情了。他从不主动和别人说话，可能也从不和她说话。他说话大声，嗓音粗粝，干巴滞涩，仿佛很长时间都没说过话了似的。

艾米丽小姐是在一楼的房间里过世的。她躺在笨重、挂着床帏的胡桃木床上，头发灰白的脑袋枕在黄色的枕头上，枕头因为常年不见阳光已霉迹斑斑。

5

老黑奴在正门迎接第一批女士的到来，开门让她们进屋。她们保持着肃静或发出啮啮的声音，眼睛迅速而好奇地朝室内扫视着。老黑奴随后不见了。他径直穿过厅堂，朝后屋走去，此后就再也没有见到他了。

那两位堂姐妹也赶来奔丧。她们在第二天举办了葬礼。我们全镇的人都来了。艾米丽小姐的身上覆盖着一簇簇的鲜花；灵柩上方的蜡笔画上，她的父亲正深沉地凝视着。镇上的女人们有的窃窃私语，有的神情骇然。镇上的老人们——有的穿上了整齐的邦联军服站在门廊或草坪上，议论着艾米丽小姐的一生，仿佛他们都是同代人似的。他们还以为自己当年同她一起跳过舞——也许还追求过她呢，殊不知把数学般精确推进的时间给搞混了。老人们向来如此。在他们的眼里，过去的时光不是一条越走越窄的小道；相反，它是一块不受冬天侵袭的巨大草地，与他们的现在之间只隔着十来年岁月的狭窄瓶颈。

我们都知道，老宅的楼上还有一间卧室，四十年了无人得以一见，现在将不得不强行把它打开。直到艾米丽小姐体面下葬后，人们才破门而入。

大门被用力撞开时，卧室内弥漫着腾起的灰尘，带有刺鼻味的薄薄帷幕布满了整个房间，层层叠叠。仿佛是一场婚礼的装饰物——褪了色的玫瑰红帷幔布帘、玫瑰红灯台、梳妆台、一排精致的水晶饰品，还有那个男人用过的银制梳洗用品——早已锈蚀斑斑，上面刻过的"荷""柏"字样已模糊不清了。这些物品中放着一副领子与领带，仿佛刚从身上取下来。拿起来后，桌上灰尘的表层留下了苍白的新月状。一把椅子上挂着一套西服，小心摆放着。椅子底下有两只无声的鞋子，还有被丢弃的袜子。

躺在床上的正是那个男人。

我们久久地站在那里，俯瞰着凹陷的、无肉的骷髅上的笑容。遗骨的姿势表明他曾经被人拥抱过。但是现在，永世的长眠超越了爱情，甚至征服了爱情的煎熬，最终与他做伴了。他在睡衣下面的肉身早已腐烂干净，与他躺卧的床榻难以分离了。在他的遗骨上、旁边的枕头上，覆盖着一层厚厚的、均匀的灰尘。

这时，我们注意到了第二个枕头上有人睡过的凹痕。有人从枕头上捡起了什么。我们探身过去，骷髅的洞窟中散发出淡淡的刺鼻味儿——我们看到了一绺长长的深灰色发丝。

夕

阳

1

杰弗逊的星期一与其他工作日并没有什么不同。街道的路面早已铺好。电话公司、电力公司砍掉了越来越多的遮阳大树——橡树、枫树、槐树、榆树，为了给拉电线的铁杆子腾出位置来。这些铁杆子上挂满了一束束、鼓鼓囊囊、幽灵一般没有血色的葡萄。每逢星期一的早晨，小城新开的一家洗衣房的员工就会走街串巷，收揽一堆堆的衣物，把它们放进明亮的专用汽车内。这些积攒了一个星期的脏衣服，如同幽灵一般，消失在刺耳烦人的电喇叭后面。汽车的橡胶轮胎摩擦着沥青路面，发出了长长的噪音，犹如丝绸被撕裂时发出的声音。那些恪守着古老传统仍然替白人洗衣的黑人妇女们，甚至也开着汽车上门取衣、送衣了。

然而，十五年前的星期一早晨，浮尘四起、浓荫蔽日的街道上挤满了黑人妇女。她们将一捆捆的衣服扎在一起，犹如巨大的棉包一样，稳稳地顶在包着头巾的脑袋上，连手也不用扶一下，就能从白人的厨房门前一直送到"黑人山谷"棚户区的黑色洗衣盆内。

南希总是把收集到的衣物顶在头上，随手在衣物的顶端扣上一顶黑色的水手草帽。不管是冬天还是夏天，她都戴着这顶帽子。她个儿高，额头宽，满面愁容，牙齿脱落的地方略有凹陷。有时候，我们会一路跟着她走过那条小巷，穿越牧场，注意到她头顶上的一大包衣服平稳不动，那顶帽子也从不摆动或摇晃，甚至在她上沟下沟或弯腰钻过篱笆的时候也是如此。她总是四肢着地，爬过豁口后站起身来，继续向前走去，那脑袋一动不动地向上挺着，头顶上的一大包衣服稳如磐石，又轻得像只气球。

有时候，洗衣女工的丈夫们替她们取衣、送衣，但是杰西却从来没有帮过南希——甚至在父亲还没有警告他离我家远点，在狄尔西生病，南希来我们家做饭的时候，他也没有帮过。

多半时候，我们会直接走过那条小巷，赶往南希的住处，叫她过来做早饭。我们总会在水沟边停下来。父亲警告过我们不要与杰西——他又矮又黑，脸上还有一道剃刀划破后留下的伤疤——有任何来往。我们就朝她家的房子扔石子，直到南希在门口露面。她把头靠在门框上，身上什么衣服都没穿。

"你们砸我家的房子，搞啥名堂啊？"南希说，"你们这几个小家伙搞啥名堂啊？"

"父亲说让你过来做早饭。"凯蒂说，"父亲说了有半个钟头了，你必须马上赶过来。"

"我不晓得要做早饭的。"南希说，"我的觉还没睡好呢。"

"我敢打赌你喝醉了。"杰森说，"父亲说你喝醉了。你是不是喝醉了，南希？"

"谁说我喝醉了？"南希说，"我的觉还没睡好呢。我不晓得要做早饭的。"

过了一会儿，我们不再扔石子，只好回家。当她最后赶来的时候时间已经很晚，我来不及吃就上学了。

直到那天她被抓起来送去坐牢，我们一直都以为她喝的是威士忌。南希从斯托瓦尔先生身边经过时——斯托瓦尔先生是银行的出纳员，是浸礼会的一位执事。她开口问道：

"你啥时候把钱付给我，白人？你啥时候把钱付给我，白人？你有三次没付给我一分钱了——"斯托瓦尔先生把她打倒在地，但是她还是说个不停，"你啥时候把钱付给我，白人？你有三次——"斯托瓦尔先生用脚后跟猛踢她的嘴巴。治安官把斯托瓦尔先生抓走后，南希躺在地上，纵声大笑。她把头转过来，吐出鲜血和牙齿，口中喃喃说道："他有三次没有付给我一分钱了。"

从那时起，她就没了满嘴的牙齿。那一整天，人们争相说着南希和斯托瓦尔先生的事儿。那天晚上，经过牢房门口的路人都能听见南希又唱又叫，能看见她的双手紧抓着牢房窗户的铁条。许多人在栅栏旁停下脚步，听见了她的歌声与喊叫，听见了狱卒试图让她闭嘴的呵斥。可是她一直没有住口。天亮前，狱卒听见楼上传来砰的碰撞声与哗啦声，上楼查看时才发现南希悬在窗户的铁条上上吊了。狱卒后来说，她服的是可卡因，而不是什么威士忌，因为黑鬼一般是不会自杀的，除非服了大量可卡因。服了大量可卡因的黑鬼就不再是黑鬼了。

狱卒割断了绳索，放她下来并救活了她，随后便拼命地搋她，用鞭子抽她。她是用衣服拧成绳子自杀的，她本来拴得很牢，可是被捕的时候，只穿了一件裙子，所以没有办法把双手绑起来，双手还没有从窗台上松开，狱卒就听见响声跑了过去，就看见南希悬吊在窗户的铁条上，全身一丝不挂。

狄尔西卧病不起的时候，南希来我们家做饭。我们看见她的围裙那儿鼓出来了。当时父亲还没有警告杰西不要到我们家来，杰西在厨房里帮忙干活，他坐在火炉的后面，黑脸上的剃刀疤痕就像是一条脏兮兮的细绳子。他说南希的衣服下面藏着一个大西瓜——当时可还是冬天。

"大冬天的，你从哪儿弄来的西瓜？"凯蒂问。

"可不是我弄出来的。"杰西说，"那西瓜可不是我给她弄出来的。但是我能把它摘下来，就像以前一样。"

"你在这些孩子面前胡扯些什么呀？"南希说，"你为啥不接着干活啊？活做完了吗？你想让杰森先生看见你在厨房里吊儿郎当，跟孩子们闲聊胡扯吗？"

"'胡扯闲聊'？"凯蒂说。

"我不会在白人的厨房里吊儿郎当的。"杰西说，"但是白人倒是可以在我的厨房里这么做。白人可以闯进我的家，但是我却挡不住。白人闯进我家的时候，我就没有家了。我挡不住他们，但是他们也不能一脚把我踢出去。他们不能那样做。"

狄尔西还在生病，卧床不起。父亲警告杰西要离我们家远点。狄尔西一直生病，久病不愈。晚饭后，我们都去了书房。

"南希还没有干完活吗？"母亲问，"我觉得，都这么长时间了，她应该洗好盘子了。"

"让昆丁去看一看吧。"父亲说，"你去看一看南希是否干完活了，昆丁。告诉她可以回家了。"

我来到厨房，南希忙完了。盘子洗好放了起来，炉火关了。南希正坐在椅子上，靠近冰冷的炉子。她朝我看过来。

"妈妈想知道你活干完了没有。"我说。

"干完了。"南希边说边瞅着我，"我已经干完了。"她还是瞅着我。

"怎么回事？"我问，"怎么回事？"

"我只不过是个黑鬼罢了，"南希喃喃道，"可这不是我的错啊。"

她瞅着我，坐在椅子上，靠近冰冷的炉子，头上戴着那顶水手的帽子。我又回到书房。厨房里只有冷冰冰的炉子，你不要以为厨房是温暖、忙碌与充满快乐的地方，那儿只有冷冰冰的炉子。所有的盘子都放好了，可没有人愿意这个时候到厨房里吃饭。

"她干完活了吗？"母亲问。

"干完了。"我说。

"那她现在在干什么呢？"母亲问。

"没干什么。她忙完了。"

"我去看看。"父亲说。

"也许她在等杰西接她回家。"凯蒂说。

"杰西走了。"我说。南希对我们说过有一天早上醒来后，她发现杰西走了。

"他把我给甩了。"南希说，"他去了孟菲斯，我想。是要躲一躲城里的警察，我想。"

"也好，没人烦你了。"父亲说，"我希望他待在那儿别回来。"

"南希怕黑。"杰森说。

"你也怕黑。"凯蒂说。

"我不怕。"杰森说。

"胆小如猫。"凯蒂说。

"我不是！"杰森说。

"别说了，凯蒂！"母亲呵止。父亲回来了。

"我去把南希送过那条巷子。"他说，"她说杰西回来了。"

"她见到他了吗？"母亲问。

"还没。有个黑人传话说杰西已经回到镇上了。我很快就回来。"

"你送南希回家，丢下我一个人？"母亲问，"在你眼里，她的安全比我的安全更重要？"

"我很快就会回来的。"父亲说。

"那个黑人就在这附近，你走了谁来保护这些孩子呀？"

"我也去。"凯蒂说，"我跟你去，父亲。"

"一个人很不幸雇了黑人来干活，那又有什么办法呢？"父亲说。

"我也想去。"杰森说。

"杰森！"母亲喊道。她是喊给父亲听的，从她喊叫的方式就能听得出来。在她眼里，父亲要做的事正是她最不喜欢的，她知道父亲很快就会想明白的。我没有吭声，因为父亲和我都明白，如果母亲及时想到的话，她就会让我留下来陪她。所以父亲并没有朝我这边看。我岁数最大。当时我九岁，凯蒂七岁，杰森五岁。

"别啰唆了。"父亲说，"我们很快就会回来的。"

南希戴上帽子，我们来到巷子口。"杰西对我一直很好。"南希说，"他如果有两块钱，就必定给我一块钱。"我们走在巷子里。"要是能过了这条巷子，"南希说，"我就没事了。"

那条巷子总是黑乎乎的。"万圣节的时候，杰森就在这儿给吓破了胆。"凯蒂说。

"我没有。"杰森说。

"难道蕾切尔姨妈不能劝劝他吗？"父亲问。蕾切尔姨妈年纪很大，她一个人住在南希家附近，头发花白，整日里坐在屋子里吸着烟袋。她不再工作了。人们都说她是杰西的母亲。有时候，她自己说是，有时候又说自己与杰西没有任何亲戚关系。

"你就是被吓破胆了。"凯蒂说，"你比弗洛尼胆小，甚至比提普还要胆小，跟黑鬼比更是胆小得厉害呢。"

"没有人能劝得住他的。"南希说，"他说过，我把他身上的魔鬼叫醒了，只有一件事能再让它睡过去。"

"好了，他已经走了。"父亲说，"你现在没有什么好怕的。只要你们不去招惹白人。"

"不去招惹什么样的白人？"凯蒂问，"怎样才算不招惹呢？"

"他没去别的地方，"南希说，"我能感觉到。我能感觉到他就在这条巷子里，正在听我们说话呢，能听见每一个字。他就藏在这儿，正等着呢。我看不见他，再也看不见他了，那一次我可是看见他拿着那把剃刀呢。那把剃刀系了根绳子，背在他身上，藏在衬衫里。

38

我甚至一点儿也不感到吃惊。"

"我没有被吓破胆。"杰森说。

"如果你检点自己的话，就不会有这种事情了。"父亲说，"不过，现在一切都好了。如今，他兴许就在圣路易斯，兴许又娶了一个老婆，早把你给忘了。"

"要真是那样，最好别叫我给撞见。"南希说，"我就站在那儿，只要他一动手搂她，我就砍断他的胳膊，砍断他的脖子，开膛破他的肚子，撞坏他的——"

"别说了。"父亲说。

"开膛破谁的肚子，南希？"凯蒂问。

"我没有被吓破胆。"杰森说，"我一个人走这条巷子也不会怕的。"

"哼，"凯蒂说，"如果不是和我们走在一起，你保准不敢在巷子里走一步的。"

2

狄尔西一直生病，所以我们每天晚上送南希回家。直到有一天，母亲说："你们这样做什么时候才是头啊？你们送一个被吓破胆的黑人回家，却把我一个人丢在这栋大房子里吗？"

后来我们在厨房里给南希搭了张床。一天夜里，我们醒来后就听到了那个声音——不是哼唱声，也不是喊叫声——从漆黑的楼道里传过来。母亲的房间里亮起了灯，我们听见父亲朝楼道走去，下了后面的楼梯。凯蒂和我来到楼道上，地面很冷。我们站在地板上屏息聆听那个声音的时候弓起了脚趾头。这个声音很像是哼唱声，但又不是哼唱声，很像是黑人们经常弄出来的怪声。

有一会儿，声音停了。我们听见父亲走下后面的楼梯。我们走到楼梯口的那会儿，那个声音又响了起来，在楼梯上，声音不大。南希站在楼梯正中的地方，身子靠在墙上。我们看见了她的眼睛，那眼睛就像猫眼一样，就像一只靠在墙上的大猫的眼睛，也在注视着我们。我们下楼走过去的时候，她不再发出那个声音了。我们站在那儿，直到父亲从厨房里赶过来，手里拿着手枪。他和南希又下楼去了，回来时带回了南希的床铺。

床铺被搭在了我们的房间里。母亲房间里的灯熄了后，我们又能看见南希的眼睛了。"南希。"凯蒂低声问，"你睡着了吗，南希？"

南希咕哝了一句，说的是"噢"或是"不"——我不知道是哪一个。那声音好像不是从人的口中发出来的，不知道来自哪里，又传播到哪里去了，好像南希根本就不在那儿一样。就像你盯着太阳看过后闭上眼睛，眼睛里还有太阳的亮光一样，好像我在楼梯口紧盯过她的眼睛，所以她的眼神就刻在我的眼睑上了。"耶稣啊，"南希在低语，"耶稣。"

"你是说杰西吗？"凯蒂低声问，"他是不是要进厨房？"

"耶稣啊。"南希说，说出来的声音很像是"耶耶耶耶耶耶——稣稣"，直到声音消失，就像一根火柴或一根蜡烛熄灭了一样。

"你能看见我们吗，南希？"凯蒂低声问，"你能看见我们的眼睛吗？"

"我只不过是个黑鬼罢了。"南希说，"上帝知道。上帝知道。"

"你在厨房里看到了什么？"凯蒂低声问，"是什么东西要进来呀？"

"上帝知道。"南希说，我们能看见她的眼睛，"上帝知道。"

狄尔西的病好了，她来我们家做午饭。"你应该在床上多躺一两天。"父亲说。

"为什么呀？"狄尔西说，"我要是在床上再多躺一天，这个地方就完全给毁了。现在都出去，我要把我的厨房好好收拾一下。"

晚餐也是狄尔西做的。那天晚上，天还没黑，南希走进了厨房。

"你怎么知道他回来了？"狄尔西问，"你并没有见过他呀。"

"杰西是个黑鬼。"杰森说。

"我能感觉到。"南希说，"我能感觉到他就藏在那道水沟里。"

"今天晚上？"狄尔西问，"今天晚上他就藏在那儿？"

"狄尔西也是个黑鬼。"杰森说。

"你还是吃点东西吧。"狄尔西说。

"我啥也不想吃。"南希说。

"我可不是个黑鬼。"杰森说。

"喝点咖啡吧。"狄尔西说，她给南希倒了一杯咖啡，"你知道他今天晚上就藏在外面？你怎么知道就是今天晚上呢？"

"我知道。"南希说，"他就藏在那儿等着呢。我知道。我和他生活了那么长时间，他想要干啥，我比他还要清楚呢。"

"喝点咖啡吧。"狄尔西说。南希将杯子端到嘴边，朝杯子里吹着。她的嘴撅起来的样子，很像蝰蛇张开的嘴巴，也像是一张橡皮嘴巴。她吹着咖啡的样子，仿佛要把嘴唇上的颜色全都吹走一样。

"我可不是个黑鬼。"杰森说，"你是黑鬼吗，南希？"

"我是地狱里生的，孩子。"南希说，"过不了多久，我就啥也不是了。我从哪儿来的，很快就要到哪儿去了。"

3

她开始喝着咖啡。她喝咖啡的时候，双手握着杯子，又开始发出那个声音来。她朝着杯子发着那个声音，咖啡溅了出来，洒在她的手上和衣服上。她的双眼看着我们，她坐在那儿，双肘支在膝盖上，双手握着杯子，透过湿漉漉的杯子看着我们，发出了那个声音。

"你看看南希。"杰森说，"南希现在不能帮我们做饭了。狄尔西的病现在好了。"

"你住嘴！"狄尔西说。南希双手握着杯子，眼睛看着我们，又发出了那个声音，好像变成了两个人似的：一个用眼睛看着我们，另一个发出了那个声音。"你们为什么不让杰森先生给警长打个电话？"狄尔西问。南希这时停了下来，长长的棕黑色的双手端着杯子。她想再喝一点咖啡，但是咖啡从杯子里溅了出来，洒在她的双手和衣服上。她把杯子放下。杰森看着她。

"我咽不下去。"南希说，"我咽了，却咽不下去。"

"你回房间吧。"狄尔西说，"弗洛尼会给你搭个床铺，我不一会儿就回去。"

"黑鬼们是不会拦住他的。"南希说。

"我可不是个黑鬼。"杰森说，"你说呢，狄尔西？"

"我想不是。"狄尔西说道，边看着南希，"我想不是。你想要干什么呢？"

南希看着我们。她的目光很快扫过，仿佛害怕自己再也没时间看了，身子几乎一动不动。她看着我们，同时看着我们三个人。"你还记得我住在你们房间的那个晚上吗？"她问。她讲了当时我们在第二天一早是怎么醒来，怎么一起玩耍的情形。我们就在她的床铺上悄悄地玩着，直到父亲醒来，那会儿她该下楼做早餐了。"你去问一下你的妈咪，让我今晚留在这儿。"南希说，"我不需要床铺。我们可以多玩一会儿。"

凯蒂问了母亲，杰森也去了。"我不能让黑人留在家里过夜。"母亲说。杰森大哭。他一直哭个不停，直到母亲威胁说，如果他还哭个不停的话，那就三天不让他吃甜点。杰森只好说，如果狄尔西做巧克力蛋糕的话，他就不哭了。父亲也在那儿。

"你为什么不想点办法啊？"母亲问，"那些警察来我们这儿做什么？"

"南希为什么害怕杰西？"凯蒂问，"你害怕爸爸吗，妈妈？"

"他们能有什么办法？"父亲说，"如果南希压根儿没见过他，警察又怎么能找到他呢？"

"那她为什么这么害怕？"母亲问。

"她说他就藏在那儿。她说她知道今天晚上他藏在那儿了。"

"我们可是纳过税的。"母亲说，"你送黑女人回家的时候，我只得一个人待在这所大房子里等你。"

"要知道，我可没有拿着剃刀躲在外面。"父亲说。

"如果狄尔西做巧克力蛋糕，我就不哭了。"杰森说。母亲让我们出去。父亲说他不知道杰森能不能吃到巧克力蛋糕，但是他知道杰森很快就要挨骂了。我们回到厨房，把办法跟南希说了。

"父亲说了，你回家把门锁上，就不会有事的。"凯蒂说，"不会有事的。南希，你把杰西给惹恼了吗？"南希双肘撑在膝盖上，双手捧着杯子夹在两腿之间。她凝视着咖啡杯。"你做什么事把杰西给惹恼了？"凯蒂问。南希松开杯子。杯子落地后没有摔坏，但咖啡洒了出来。南希坐在那儿，双手仍保持着捧杯的姿势。她又发出了那个声音，声音不大，既像是哼唱，但又不像是哼唱。我们注视着她。

"好了，"狄尔西说，"别那样。你是自己吓唬自己呢。你在这儿等着。我去叫沃什送你回家。"狄尔西走了出去。

我们看着南希。她的双肩不停地颤抖着。不过，她已经不再发出那个声音了。我们看着她。"杰西能把你怎么样呢？"凯蒂说，"他早就走了。"

南希看着我们："那天晚上，我们玩得很开心，是不是呀？"

"不对。"杰森说，"我玩得不开心。"

"你睡着了。"凯蒂说，"你当时不在。"

"咱们到我家去，再多玩一会儿。"南希说。

"妈妈不会让我们去的。"我说，"现在太晚了。"

"不去管她。"南希说，"我们明天早上告诉她。她是不会在意的。"

"她不会让我们去的。"我说。

"别去问她。"南希说，"现在不告诉她。"

“爸爸妈妈没说过我们不能去。”凯蒂说。

“我们没问过。”我说。

“要是你们真去了，我就向爸爸妈妈告密。”杰森说。

“我们会玩得很开心的。”南希说，“他们是不会在意。只不过是去我家玩呗，我替你们家干活那么久了，他们是不会在意的。”

“我跟你去，我可不怕。”凯蒂说，“害怕的人是杰森。他会告密的。”

“我不怕。”杰森说。

“你怕。”凯蒂说，“你会告密的。”

“我不会告密的。”杰森说，“我不怕。”

“杰森跟我去，是不会害怕的。”南希说，“你害怕吗，杰森？”

“杰森会告密的。”凯蒂说。那条巷子黑乎乎的。我们走过牧场的大门。“我敢打赌，要是门后面蹿出来什么东西，杰森一定会吓得大叫的。”

“我不会。”杰森说。我们穿过巷子。南希的嗓音很大。

“你为什么要大声嚷嚷啊，南希？”凯蒂问。

“谁？是我吗？”南希问，“听好了，昆丁、凯蒂和杰森说我大声嚷嚷。”

“你说起话来，好像我们有五个人似的。”凯蒂说，“你说起话来，好像父亲也在这儿呢。”

“谁？我大声嚷嚷，杰森先生？”南希问。

“南希管杰森叫‘先生’了。”凯蒂说。

“我们听听凯蒂、昆丁和杰森是怎么说话的。”南希说。

“我们可没有大声嚷嚷。”凯蒂说，“你说起话来，倒像是父亲——”

“嘘！”南希说，“嘘！杰森先生。”

“南希又管杰森叫‘先生’了——”

“嘘！”南希说。我们跨过水沟，弯腰穿过篱笆的时候，她说话的声音依然很大。当年她可是顶着一大包衣服从这儿过篱笆的。随后，我们就到了她家。当时我们走得很快。她打开屋门，屋子里的味儿就像是油灯里发出来似的。南希身上的味儿就像是灯芯发出来似的，房子里的味儿和南希身上的味儿混在了一起。她点亮了油灯，关上了屋门，插上了门闩。这时她不再大声说话了，只是用眼睛看着我们。

"我们玩什么呢？"凯蒂问。

"你们想玩什么呢？"南希反问。

"你说过我们会玩得开心的。"凯蒂说。

南希的屋子里有某样东西，这个东西是可以闻到的，甚至连杰森也闻出来了。"我可不想待在这儿。"他说，"我想回家。"

"那你就回家吧。"凯蒂说。

"我不想一个人走回去。"杰森说，

"我们会玩得很开心的。"南希说。

"怎么玩？"凯蒂问。

南希站在门旁。她看着我们，一双眼睛看起来很空洞，仿佛这双眼睛以后再也不用了似的。

"你们想玩什么呢？"她问。

"给我们讲个故事吧。"凯蒂说，"你能讲个故事吗？"

"好的。"南希说。

"那就讲吧。"凯蒂说。我们看着南希。"你没故事可讲。"凯蒂说。

"有。"南希说，"我有故事讲。"

她走过来，在壁炉前的椅子上坐了下来。壁炉里的火还没熄，但她又生了一些。屋子里已经很热了，我们不需要生火，火熊熊地燃烧起来。她讲了一个故事，说话的时候，眼睛一直看着，好像是在盯着我们。对我们说时，那声音好像不属于她——她就像是整个人不在屋内，而是身在别处在等什么人，只有那声音在，那个身影——那个顶着一大包衣物就像顶着轻飘飘的气球、并稳稳地钻过篱笆的南希的身影还在。不过，一切都仅此而已。"就这样,女王朝水沟边走去,可那个坏蛋就藏在那儿。她边走边说:'但愿我能跨过这道水沟啊。'她就是这么说的……"

"什么水沟?"凯蒂问,"和外面那道水沟一样的水沟吗?女王为什么要过水沟?"

"她要回家。"南希说,她看着我们,"只有跨过那道水沟才能回家呢。"

"她为什么要回家,还要插上门闩?"凯蒂问。

4

南希看着我们,不再说话了。她看着我们。杰森坐在南希的腿上,杰森的腿从裤管里笔直地伸出来。"我觉得这个故事不好听。"他说,"我想回家。"

"兴许我们真应该回家去了。"凯蒂说,"我敢打赌,爸爸妈妈正在找我们呢。"她从地板上站起来,朝门口走去。

"别那样。"南希说,"不要开门。"她很快站起身,从凯蒂身旁赶过去。她没有碰大门,也没有碰木门闩。

"为什么呀?"凯蒂说。

"回到油灯这儿来吧。"南希说,"我们会玩得很开心的。你没必要现在就回家。"

"我们应该回去了。"凯蒂说,"除非还有很多好玩的。"她和南希回到油灯下。

"我想回家了。"杰森说,"我要去告密。"

"我还知道一个故事呢。"南希说。她站在油灯旁边。她的眼睛看着凯蒂,仿佛是在看鼻梁上平放着的一根棒子似的。她低头看着凯蒂,可是眼神就是那副样子,仿佛正在维持那根棒子的平衡。

"我不想听故事了。"杰森说,"我要在地板上跺脚了。"

"这个故事很好听的。"南希说,"比刚才讲过的那个要好听。"

"什么故事呀?"凯蒂问。南希站在油灯旁,把棕褐色的手放在灯上。在灯光照耀下,那只手显得单薄而细长。

"你的手放在发热的灯罩上了。"凯蒂说,"不觉得灯罩烫手吗?"

南希看着玻璃灯罩上的那只手,随后缓慢地把手撤了回来。她站在那儿,看着凯蒂。那只细长的手绞动着,好像手腕上拴着一根绳子似的。

"我们玩点别的什么吧?"凯蒂说。

"我想回家。"杰森说。

"我有爆米花。"南希说。她看了看凯蒂,随后又看了看杰森,随后又看了看我,最后又朝凯蒂看去。"我有爆米花。"

"我不喜欢爆米花。"杰森说,"我想吃糖。"

南希看着杰森,说:"你可以拿着爆米花锅。"她的手还在绞动着。那只手又长又细又黑。

"好的。"杰森说,"要是让我拿爆米花锅,我就再待一会儿。凯蒂不能拿。要是凯蒂拿的话,我就想回家了。"

南希把壁炉里的火烧大了一些。"你们看,南希把手伸到火里去了。"凯蒂说,"怎么回事呀,南希?"

"我们做爆米花。"南希说,"我们做一点爆米花。"她从床底下拿出爆米花锅,可是锅已经坏了。杰森哭了。

"哎呀,我们吃不到爆米花了。"他说。

"说起来,我们应该回家了。"凯蒂说,"走吧,昆丁。"

"等一下。"南希说,"等一下。我能修好的。你们不想帮我一块儿修好吗?"

"我不想帮你修。"凯蒂说,"真的太晚了。"

"你来帮帮我,杰森。"南希说,"你不想帮我吗?"

"不想。"杰森说，"我想回家。"

"嘘！"南希说，"嘘！你看，你看着我，我能修好它，这样杰森就能拿它爆玉米花了。"她找来一根铁丝，绑好了爆米花锅。

"这样会不稳的。"凯蒂说。

"很稳的。"南希说，"你们看。你们帮我剥点玉米吧。"

玉米也在床下。我们剥好后放进锅中。南希帮杰森捧着锅放在炉火上。

"爆不了了。"杰森说，"我想回家。"

"你等一会儿。"南希说，"会爆好的。爆出来后很好玩的。"她坐到火炉边上。油灯被拧高后开始冒烟了。

"你为什么不把灯拧小一点？"我说。

"没事的。"南希说，"我会把它弄干净的。你们等一等，爆米花很快就要好了。"

"我不信很快就能好。"凯蒂说，"说起来，我们应该回家了。爸爸妈妈会着急的。"

"不会。"南希说，"马上就要爆出来了。狄尔西会跟他们说你们在我这儿。我为你们家干活那么长时间，你们在我家玩，他们是不会在意的。就等一等吧，随时都有可能爆出来了。"

这时，杰森的眼睛让烟给熏了，他哭了起来，将爆米花锅丢进了火里。南希拿来一块湿布，帮杰森擦了擦脸，可他还是在不停地哭着。

"别哭了。"她说，"别哭了。"可是他还是在哭。凯蒂从火里把爆米花锅取了出来。

"烧焦了。"她说，"你只好再拿一些玉米来了，南希。"

"你把所有的玉米都放进去了吗？"南希问。

"是的。"凯蒂说。南希看着凯蒂，接着她拿过爆米花锅，打开盖子，将烧焦的爆米花倒进围裙，开始翻拣着。她的双手又长又黑。

我们注视着她。

"你没有爆米花了吗？"凯蒂问。

"有。"南希说，"还有。你瞧，这些爆米花还没有烧焦，只要把它们——"

"我想回家了。"杰森说，"我要去告密。"

"嘘！"凯蒂说，我们都听着。南希的头已经转向栓好的大门，眼睛里满是红色的亮光。"有人来了。"凯蒂说。这时，南希又发出了那个声音，声音不大。她坐在那儿，俯瞰着炉火，双手垂在双膝之下。突然，大滴大滴的泪珠从她的眼睛里涌出来，从脸上流淌了下来，火光映在一滴滴的泪珠上就像火花一样，最后从她的下巴上掉了下去。"她不是在哭。"我说。

"我没有哭。"南希。她的眼睛合上了。"我没有哭。外面是谁？"

"我不知道。"凯蒂说。她走到门前，朝外面看去。"我们现在得走了。"她说，"是父亲来了。"

"我要去告密。"杰森说，"是你们让我来的。"

泪珠仍然从南希的脸上往下流。她在椅子上转了转身子："听我说。你跟他说吧，跟他说我们会玩得很开心的，跟他说我会照看你们，一直到明天早上，跟他说让我陪你们回家，我就睡在地板上。跟他说我不需要再搭一张床铺。我们会玩得很开心的。你们难道不记得了，上一回我们玩得多么开心啊！"

"我玩得不开心。"杰森说，"你弄疼我了。你用烟熏了我的眼睛。我要去告密。"

5

父亲进了屋。他看着我们。南希没有起身。

"跟他说啊。"她说。

"是凯蒂让我们来的。"杰森说，"我可不想来。"

父亲来到炉火旁，南希抬头看他。"你不能去蕾切尔姨妈那儿待一待吗？"他说。南希看着父亲，双手放在双膝之间。"他不在这儿。"父亲说，"要不然我就能看见他了。可我连他的影子也没见着啊。"

"他就藏在水沟里。"南希说，"就藏在那儿的水沟里等着呢。"

"别胡说了。"父亲说。他看着南希。"你怎么知道他藏在那儿呢？"

"我得到了信号。"南希说。

"什么信号？"

"我得到了信号。我进屋时，它就在桌子上——是一根猪骨头，上面还血肉模糊，就在台灯的边上。所以他就藏在外面。你们一出门，我也要西去了。"

"你要去哪儿，南希？"凯蒂问。

"我是不会告密的。"杰森说。

"别胡说了。"父亲说。

"他就藏在外面。"南希说，"眼下他正朝窗户里面看着，就等你们离开呢。我就快没命了。"

"别胡说了。"父亲说，"你把门锁上，我们带你去蕾切尔姨妈家。"

"不管用的。"南希说。她现在不看父亲了，父亲低头看着她，看着她细长、单薄、颤动的双手。"算了吧，不管用的。"

"那你想怎么办呢？"父亲问。

"我不知道。"南希说，"我什么也做不了。只能算了吧，做什么都不管用的。我想我是逃不掉了，偏让我摊上了这事儿，那也是没有办法的。"

"你摊上什么事儿了？"凯蒂问。"没有什么办法？"

"没什么。"父亲说，"你们几个都应该睡觉去了。"

“是凯蒂让我来的。”杰森说。

“去蕾切尔姨妈那儿吧。”父亲说。

“那也是不管用的。”南希说。她坐在炉火前，双肘支撑在膝盖上，细长的双手放在双膝间。“待在你们家的厨房也是不管用的，连睡在你孩子房间的地板上也是不管用的。第二天一早，我就死翘翘了，还有血呢。”

“嘘！”父亲说，“锁上门，灭了灯，上床睡吧。”

“我很怕黑，”南希说，“我很怕在黑暗中命就这么没了。”

“你是说，你就这么点着灯一直坐在这儿呀？”父亲说。这时，南希又开始发出那个声音。她坐在炉火前，双手放在双膝间。“唉，见鬼了。”父亲说，“我们走吧，孩子们。过了睡觉时间了。”

“等你们回到家，我也归西了。”南希说。眼下，她的语气很平静，脸上的表情也很平静，手也不动了。“不管怎么说，我早把棺材钱存在洛夫莱迪先生那儿了。”

洛夫莱迪先生又矮又脏，他是专做黑人保险生意的。每个星期六的早上，他都要转到黑人的小屋或厨房那儿，收取十五美分的保险费。他和老婆住在旅馆里。有一天早上，他的老婆自杀了。他们有一个孩子，是个小姑娘，他把那个孩子带走了。一两周后，他又一个人回来了。每个星期六的早上，我们又能看见他出没在偏街小巷中。

“别胡说了。”父亲说，“明天早上，我肯定在厨房里第一个见到你。”

“你见到谁就是谁呗，我想。”南希说，“可是，要真有什么事发生，那只有上帝说了才算。”

6

我们只好走了，听任她坐在炉火边。

“过来把门插上吧。”父亲说。可是她没有动弹。她不再看着我们了，只是安静地坐在油灯与炉火间。我们走到那条巷子时，隔着一段距离回头看去，还能从敞开的大门中看见她。

"父亲，"凯蒂问，"这个样子会出事吗？"

"不会。"父亲说。父亲驮着杰森，所以杰森比我们所有的人都高。我们走下水沟。我看着水沟，没有说话。在月光与阴影交会的地方，我看不太清楚。

"要是杰西真的藏在这儿，他是能看见我们的，是吧？"凯蒂问。

"他压根儿就不在这儿。"父亲说，"很久很久以前他就走了。"

"是你让我来的。"杰森说。他身在高处，在天空的衬托下，父亲仿佛有两个脑袋似的，一个小脑袋，一个大脑袋。"我原本是不想来的。"

我们从水沟下面走上来，仍然能看见南希家敞开的大门，可是我们却看不见南希了。她坐在炉火边，大门就这么敞开着，因为她累了。"我真的是太累了。"她说，"我只不过是个黑鬼罢了。可这不是我的错呀。"

可是我们能听见她的说话声，因为她说话的时候，我们正好从水沟里走上来。她又发出了那个声音，既像是哼唱，又不是哼唱。"以后谁来帮我们洗衣服呀，父亲？"我问。

"我可不是黑鬼。"杰森说。他身在高处，趴在父亲的脑袋上。

"你比黑鬼还要差劲呢。"凯蒂说，"你就是告密鬼。要是有什么东西进出来，你准会被吓破胆。"

"我才不会呢。"杰森说。

"你准会被吓哭的。"凯蒂说。

"凯蒂！"父亲呵止。

"我才不会呢！"杰森说。

"你就是只胆小的猫咪。"凯蒂说。

"凯蒂！！"父亲大声呵止。

昔日的女王

1

爱尔诺拉走出自己的小屋来到后院。悠长的午后，这座四四方方的大房子和整个院子都沉浸在一片困倦与安谧之中。自从约翰·萨托里斯从卡罗莱纳迁来此地破土建屋，它已这样度过了近百年的光景。老萨托里斯和儿子贝亚德都死在这座房子里。贝亚德的儿子约翰和孙子小贝亚德入土下葬前，他们的灵柩也先后悬停在此。不过后者并不是在这座房子里过世的。

因此，眼下的寂静是女人们的寂静。穿过后院走近厨房门前的时候，爱尔诺拉回想起十年前每到这个时候，她同父异母的哥哥老贝亚德（尽管他们自己，甚至他们的父亲也可能不知道他们是兄妹）会在后廊来回踱步，朝马厩叫嚷着让黑人男佣备马。可如今老贝亚德早已去世，他的孙子小贝亚德也在二十六岁那年英年早逝。连当时的黑人男佣们也已不在了；爱尔诺拉母亲的丈夫西蒙如今也被埋在墓地里；爱尔诺拉的丈夫卡斯比因盗窃被收监；她的儿子乔比去了孟菲斯，穿着考究地在比尔大街①上游手好闲。因此，家里人丁稀少，除了老萨托里斯的妹妹弗吉

———————————

① Beale Street，黑人蓝调音乐史上很重要的发展地区，常有黑人在这条街上表演。

尼亚——如今已是九十岁高龄，整天都坐在轮椅上望着窗外的花园，就只剩小贝亚德的遗孀娜西萨和她的儿子。弗吉尼亚·杜·普利是卡罗莱纳州老家的独苗，是1969年来到密西西比州的。她当时除了身上的衣服，就只挎着一个装着几片老家彩色窗玻璃的篮子，还有几束剪下的花枝和两瓶葡萄酒。她眼看着自己的兄长、侄子、侄孙和两个曾侄孙先后离世。如今，她和曾侄孙的妻子和儿子住在这座缺少男丁的房子里。曾侄孙的儿子叫鲍里，可她却坚持管他叫约翰尼——那是他在法国丧命的舅舅的名字。至于黑佣，就剩下爱尔诺拉负责做饭，她的儿子伊松看管园地，女儿萨蒂睡在弗吉尼亚边上的小床上，像照看婴儿一般看护她。

可是这没什么大不了的。"我可以照顾她。"爱尔诺拉穿过后院时思忖着。她是个个子高大，有着咖啡肤色的女人，小巧精致的脑袋总是高高地扬起。"我不需要帮助。"她大声地自言自语，"因为这是萨托里斯的家务事。上校去世时就心知肚明，嘱咐我照顾她。他把任务托付给了我，而不是托付给城里来的外人。"她正在思考那件让她不得不提前一个小时到房子去的事情。当时她正在自己的小屋里忙碌着，看见小贝亚德的遗孀娜西萨带着十岁的儿子在下午时分走过草地。爱尔诺拉来到门口看着他们——男孩和穿着白色衣衫的年轻妇人在炎热的午后穿过草地朝小溪走去。她并没有像白人妇女那样对她们去哪儿、为啥去感到好奇。但她只有一半黑人血统，看着那白人妇女时，她的脸上会显出静穆严肃的鄙夷神情。一个人静静盘算时，她脸上是这种表情；甚至以前老爷还在世时，她听女主人发号施令也是这种表情。就在两天前，娜西萨说要去孟菲斯待一两天，让她单独照料姑婆的时候，爱尔诺拉也是这副表情。"好像我不是一直在单独照料她似的。"爱尔诺拉不屑地想着，"自从你来到这个家，为别人做过什么呀？我们从来都不需要你，你怎么就不明白呢？"不过这话没有说出口。她只是心里埋怨着，帮娜西萨预备好旅途所需，默不作声地

56

看着马车朝城镇和车站方向驶去。"你也用不着回这个家了。"爱尔诺拉心里咒怨着，望着马车消失在视野中。可今天早晨，娜西萨却回来了，绝口不提为啥突然远行又突然返回。刚到下午，爱尔诺拉从自己的小屋门口看见这妇人和男孩顶着六月炙热的阳光穿过草地。

"唉，到哪儿去是她个儿的事，"爱尔诺拉走上厨房的台阶，大声地说道，"就像她跑去孟菲斯，只留下黑鬼们照看坐轮椅的珍妮小姐。"她想了一会儿，又大声接着说："她出门我不觉得奇怪。我只是奇怪她怎么又回来了。不，那也没什么奇怪的。既然到这个家来了，她就不会离开的。"最后她平静地大声感叹，语气中既无怨恨也无激情："垃圾。城里来的垃圾。"

她走进厨房。女儿萨蒂坐在桌旁，一边吃着盘子里的冷芜青拌青菜，一边看着一本满是脏手指印的时尚杂志。"你在这儿干吗？"爱尔诺拉对她说，"为什么不待在能听见珍妮小姐招呼你的地方？"

"珍妮小姐什么都不需要。"萨蒂回答说，"她就在窗户边上呢。"

"娜西萨小姐到哪儿去了？"

"我不知道。"萨蒂说，"她和鲍里去了什么地方。现在还没回来。"

爱尔诺拉嘟囔了一声。她的鞋子没系鞋带，两下就蹬脱了，离开厨房，走到安静的有穹顶的前厅，那里氤氲着花园的芳香和六月午后令人昏昏欲睡的万种声响。接着她走到书房敞开的门前，一位老妇人坐在窗边的轮椅上。窗帘已经拉了上去，她的脑袋和上半身在窄边的卡罗莱纳彩色玻璃的映衬下，好似一幅悬挂着的肖像画。她挺着背脊坐着，纤细的身形，玲珑的鼻子，还有如白墙一般颜色的头发。她两肩搭着一条和头发一样纯白的羊毛披肩，穿着一身黑色服饰。她看着窗外，侧面看去，她的脸高高地拱起，纹丝不动。爱尔诺拉进屋时，她转过头，带着急迫和疑惑的神情看着这位黑人女佣。

"他们没从后院进屋，是吗？"她问道。

"没有。"爱尔诺拉一边回答一边朝轮椅走去。

老妇人又朝窗外望去："不得不说我真的无法理解。娜西萨小姐突然频繁地往外跑。就在……"

爱尔诺拉走到轮椅边。"这样好极了。"她用冷冷的、平静的声音说道，"她这么个懒女人不在眼前闲晃。"

"就在……"老妇人话说一半停住了，"不准你这么说她。"

"我说的可都是实话。"爱尔诺拉说。

"那就把这些话藏在你心里吧。她是贝亚德的妻子，是萨托里斯家的女人，现在依然是。"

"她永远也成不了萨托里斯家的女人。"爱尔诺拉说。

老妇人看着窗外。"就在两天前，她突然跑到孟菲斯过了两个晚上。打从儿子出生，她从没扔下他一个人，自己在外过夜。想想看，丢下儿子整整两个晚上，也不交代是为什么，然后回到家，大中午的又带着孩子到小树林里逛荡。儿子倒是没想念她。她不在的时候，你觉得他会想念她吗？"

"不会。"爱尔诺拉说，"少了谁，萨托里斯家的男人都能撑下去。"

"他当然不会想念她。"老妇人看着窗外。爱尔诺拉站在轮椅后面。"她们穿过草地了吗？"

"我不知道。她们走远了，看不清，还继续走着。朝小溪方向去了。"

"朝小溪方向？这到底是要做什么呀？"

爱尔诺拉没有应答。她站在轮椅后面，依然笔直地站着，更像是一个印第安人。下午的时光渐渐过去，太阳正落到窗台线的下方，水平的光线洒在花园里。不用多久，园里的茉莉花就要散发出傍晚的香气，阵阵芳香缓缓地飘进屋内，似乎触手可及；花香浓郁甘甜，甜腻刺鼻。两个女人在窗边一动也不动，老妇人坐在轮椅里，身子微微前倾；轮椅后面的黑人女佣也不移动分毫，笔直的身形好似一根雕像柱。

花园里的光线开始变成黄铜色。那妇人和男孩进了花园，朝房子走来。轮椅上老妇人的身体立马向前探去。在爱尔诺拉看来，老妇人探身的那一瞬间好似摆脱了瘫痪躯体束缚的囚鸟，要飞过花园去迎接那男孩。爱尔诺拉自己也向前微微探了探身子，可以看到老妇人脸上慈爱、急切、忘我的表情。那两个人穿过了花园，将要走进房子的当口，老妇人突然猛地朝后靠在椅背上。"怎么回事，他们都湿透了!"她说，"看看他们的衣服。他们衣服也没脱就走到溪水里去了!"

"我得去准备晚饭了。"爱尔诺拉说。

2

爱尔诺拉在厨房里准备莴苣和土豆，把面包切片（不是纯玉米粉面包，连烤软饼也算不上）。是那个女人教她如何烤这种面包的。除非万不得已，她可不想提那个女人的名字。伊松和萨蒂坐在靠墙的椅子上。"我对她没有成见，"爱尔诺拉说，"我是黑鬼，她是白人。和她比起来，我的孩子虽然是黑皮肤，但他们的身上有更多这个家族的血统，也更有教养。"

"在你和珍妮小姐的眼里，除了珍妮小姐，谁都没有地道的血统呢。"伊松说。

"是这样吗？"爱尔诺拉问道。

"珍妮小姐和娜西萨小姐相处得可不坏。"伊松说，"依我看呐，她有资格说娜西萨小姐的不是，可我从没听她说过。"

"因为珍妮小姐教养出众。"爱尔诺拉说，"那就是原因。这事儿你是没法子弄懂的，因为你生得太晚，除了她谁也没见过。"

"依我看呐，娜西萨小姐的教养和别人一样好。"伊松说，"我没看出什么差别。"

爱尔诺拉突然离开了桌子。伊松立马跳了起来，把自己的椅子移开，为母亲让出路来。可她只是走到碗橱那儿，随手拿了一只大餐盘，然后又回到桌边接着打理土豆。"算不算萨托里斯家的人，有没有教养，不是看名分，而是看举止。"她用平缓、不起波澜的声音说着，柔软、灵巧的棕褐色双手忙碌着。说起那两个女人，她总是不加区分地用"她"指代，但说到珍妮小姐时，声调最为平缓。"她一个人长途跋涉来到这儿，当时还到处都是北方佬。从卡罗莱纳一路来到这儿，亲人全都丢了性命，只有老约翰还在世，住在相隔两百英里的密西西比州……"

"从这儿到卡罗莱纳不止两百英里，"伊松说，"学校里教过，差不多有两千英里呢。"

爱尔诺拉的双手没有停下，似乎根本没有听到他的话。"北方佬杀了她的老爹和丈夫，放火烧了卡罗莱纳的房子。那火就在她和她母亲的头顶这么烧着。她一路独自来到密西西比州，来投靠世上仅剩的亲人。到这儿时赶上了大冬天，身上什么都没有，只有一个篮子、一些花种、两瓶酒，还有几片彩色玻璃。老约翰把这些玻璃装在书房的窗户上。透过这些玻璃向外望去，让她感觉好像还在卡罗莱纳一样。她在圣诞节那天黄昏来到这儿。老约翰和他的孩子们还有我的母亲在门廊下迎接她，而她坐在马车上，高昂着头，等着老约翰把她扶下车。他们甚至没有当着亲人的面亲吻。老约翰只是说'唉，珍妮'，而她也只是说'唉，约翰尼'，接着他牵着她的手走进屋里，直到别人看不到他们，她才开始哭了起来。老约翰抱住她。毕竟，她长途跋涉了四千英里……"

"从这儿到卡罗莱纳没有四千英里。"伊松说，"只不过两千英里。学校的书本上是这么写的。"

爱尔诺拉压根没理会他，手上的活儿也没停下。"她哭得非常伤心。'那是因为我不习惯哭哭啼啼了。'她说，'我早就没了哭哭啼啼的习惯了。我可没工夫哭哭啼啼。那些该死的北方佬，'她说，'那些该死的北方佬。'"爱尔诺拉又朝碗橱走去。她赤着双脚，似乎那安静的脚步带她走出了自己的声音范围。尽管话已说完，但声音却在安静的厨房里回荡。她拿了一个大盘子，回到桌旁，又在土豆和莴苣中间忙活开了，而这些东西她自己却不能吃。"可她现在（她指的是娜西萨，两个孩子都对此心知肚明）却突然跑到孟菲斯去寻欢作乐，把她一个人留在这儿两个晚上，只有黑佣照看她。住在萨托里斯家的屋顶下，吃着萨托里斯家的饭，一晃就是十年了，这个时候却突然像个黑人一样大老远跑到孟菲斯去，也不说明白去干吗。"

"我以为你说过，珍妮小姐只需要你一个人照顾就行了。"伊松说，"我想你昨天还说，你压根不在乎她回不回来呢。"

爱尔诺拉发出刺耳的声音，并不响，但带着鄙夷："她不回来？她用了整整五年时间才把自己嫁给贝亚德，她会不回来？贝亚德去当兵打仗的时候，她整天缠着珍妮小姐，可没少下功夫。我都一直盯着她呢。一个星期来个两三次，让珍妮小姐以为她是来看望自己的。可我心里明白着呢，她到底在图谋着什么，我心里一清二楚。因为我了解那些垃圾，我知道垃圾怎么在上等人身上下功夫的。上等人被她们蒙骗，因为她们有教养。我可看得明白得很。"

"那么鲍里肯定也是垃圾了。"伊松说。

爱尔诺拉转过头，但还没来得及开口说话，伊松已经离开了座位。"闭上你的嘴，快去准备开饭。"她看着他走到水槽边准备洗手。接着，她转头面对桌子，纤长的棕褐色双手在红色的土豆和淡绿色的莴苣中间灵巧地忙活着。"谈什么需要，"她自言自语道，"不是鲍里需要她，也不是老夫人需要她，是死去的家人需要她。是老约翰、上校、小约翰和小贝亚德需要她。这些死人带不走她，只有那些死人才需要她。我要说的就是这个意思。除了坐在轮椅上的老夫人，和我这个在厨房里干活的黑鬼，其他人都不明白。我对她没什么成见。我只想说让上等人和上等人交往，下等人去找下等人。你现在去把衣服穿上，这儿都预备好了。"

3

是那男孩把经过告诉了她。她坐在轮椅上，身体微微前倾，透过窗户看着那妇人与男孩穿过花园，消失在房子的拐弯处。她依旧保持前倾的姿势，望着窗外的花园，听到两人走进屋内，穿过书房的门，登上了楼梯。她仍望向花园，视线落在了茂密的灌木丛上。她从卡罗莱纳带来的灌木幼苗当时不过火柴般大小。她和那个日后嫁给她曾侄孙并生下儿子的年轻妇人，就是在这座花园中相识的。那还是在1918年的时候，年轻的贝亚德和兄弟约翰在法国。约翰牺牲前，她在花园里打理花草，娜西萨每周都会从镇上到这儿来看望她两三次。"她和贝亚德早就定下婚约却从不告诉我，"老妇人思忖着，"就算有什么事她也很少会跟我提。"她心里想着，眼睛望着窗外的花园披上了一层暮光。她有整整五年没进过花园了。"任何事都很少说给我听。有时候我真闹不明白，她这么一个沉默寡言的人，到底是怎么攀上贝亚德这根高枝的。或许就是碰巧在恰当的时机出现了，就像她收到那封信一样。"那件事就发生在贝亚德回家前不久。一天，娜西萨到这儿待了两个钟头，临要走的时候把信拿了出来。信上没有署名，内容不堪入目，尽是些胡言乱语。她当时就劝娜西萨把这封信交给贝亚德的祖父，让他好好查一查写信的人到底是谁，非得好好惩罚一下。可娜西萨却不肯。"我把信烧了，就当没这回事。"娜西萨说道。"好吧，这是你自己的事，"老妇人说，"但这样的事决不能容忍。一位正派的女人绝不能被一个男人这样摆布，哪怕被信件骚扰也不行。正派的男人会信以为真的，会有所动作的。而且，如果你不做点什么的话，他还会故伎重演的。""那到时候我会把信交给萨托里斯上校。"娜西萨说。她举目无亲，兄长也在法国。"难道您不明白吗？我不能让任何人知道竟然有人对我有这么龌龊的念头。""我宁可让世人知道有人对我有这种龌龊的想法，然后因此被马鞭子狠狠地抽一顿，也不能叫他不受丝毫惩罚地这么继续下去。不过，这是你自个儿的事。""我会把信烧了，就当没这回事。"娜西萨仍这么说。之后贝亚德回来了，没过多久娜西萨和他完婚，搬到这所房子居住。然后她有了身孕，孩子还没出生，贝亚德在一次空难中丧了命。接着他的祖父老贝亚德去世，孩子出生。两年过去了，老妇人才又想起向曾侄孙的媳妇询问，有没有再收到过那种信。娜西萨告诉她说没有。

于是从那以后，她们在这间大房子里过着安静的、没有男人的生活。她时不时会催促娜西萨再嫁，可后者总是淡淡地拒绝。就这样，两个女人和一个男孩一起度过了许多年，而老妇人坚持管那孩子叫他死去的舅舅的名字。一星期前的一个晚上，娜西萨有一位客人来吃晚饭。在得知来宾是个男人时，老妇人在轮椅上静静地坐了许久。"啊，"她暗自思索，"终于发生了。罢了，终究要发生的。她还年轻。要她孤零零地在这儿守着一个卧床不起的老太婆……唉，我不能非让她和我一样守活寡，我不指望她会那么做。她毕竟不是萨托里斯家的女人。她和他们没有血缘关系，和他们这些愚蠢自大的鬼魂没关系。"客人来了。她坐着轮椅被推到饭桌边上时，才看见他的模样。那男人秃顶，看上去年纪不大，长着一张机灵的脸，表链上拴着一把钥匙，上面刻着"φ、β、κ"等希腊字母，还有"哲学指导生活"①字样。她不知道那把钥匙的含义，但立马就明白他是个犹太人。他和她说话时，她从气愤转为盛怒，好像发动攻击的蛇一般猛地朝椅背靠去，这一动作力量之大，足以将轮椅从桌边弹开。"娜西萨，"她说，"这北方佬来这儿做什么？"

---

① 原文"Phi Beta Kappa"是三个拉丁字母的读音，意为"哲学指导生活"。这里代表美国优等生荣誉协会。

三人就这么僵在亮着烛光的餐桌旁。后来，那男人打破了沉默："夫人，如果连你们南方女人都和我们兵戎相见，北方佬早就死绝了。"

"你用不着对我说这些，年轻人。"她说，"你应该感谢上苍，和你的祖辈们打仗的只是南方的男人们。"接着她叫来伊松把她从桌边推走，连晚饭也没吃，甚至到了自己的房间里，她也不准别人开灯。娜西萨端上楼来的饭菜，她连碰也不碰。她坐在昏暗的窗前，直到陌生的客人离去。

三天后，娜西萨突然神神秘秘地跑到孟菲斯，在那儿待了两个晚上。自从孩子出世，她还从来没有扔下他一个人过夜。无论是在离家前还是回来后，她连一句解释也没有。眼下，老妇人刚刚注视着她和儿子穿过花园，身上的衣衫还是湿漉漉的，好像是在溪水里待过的。

那男孩把经过告诉了她。他走进她房里，已换好干净衣服，头发虽已梳理齐整，但仍然潮湿未干。他走进房间来到轮椅边上时，她沉默不语。"我们下到溪水里了，"他说，"不过没有游泳，只是坐在水里。她让我指给她看能潜水的深洞。不过我们没游泳，我猜她不会。我们只是穿着衣服坐在水里，一坐就是一个下午——她想这么做。"

"啊，"老妇人说，"嗯，那一定很有趣。她一会儿下楼来吗？"

"是啊。换好衣服就下来。"

"好吧……晚饭前你可以出去玩一会儿，如果你想的话。"

"我可以在这儿和您待在一起，如果您愿意的话。"

"不用了，你出去玩吧。萨蒂过来前我一个人待着没事的。"

"那好吧。"他离开了房间。

夕阳西下，窗前的光线也慢慢暗了下来。老妇人一头银发也渐渐暗淡，好似餐柜上静止不动的摆件。花纹稀疏的窗玻璃如梦如幻，万千意蕴，悠扬沉寂。她听到曾侄孙的媳妇下楼的声音，静静地坐在那儿，注视着房门，直到年轻妇人走进屋来。

她是一个三十多岁的女人，穿着白色衣衫，身材高大，周身泛着暮光，显出一种雕像般的英武风姿。"要为您开灯吗？"她问。

"不，现在还不需要。"老妇人说。她笔直地坐在轮椅里，一动不动，注视着年轻妇人从屋子的一头走到另一头，白色衣裙缓缓飘动，英气逼人，好似庙宇正面的女雕像柱变成了大活人。年轻妇人坐了下来。

"这是那些……"她说。

"等等，"老妇人打断她，"先别讲话。那茉莉花的香味，你闻到了吗？"

"是的，这是那些……"

"等一下。每天都是到了这个时候才传来花香。六月里，每天这个时候就开始飘香。到今年夏天，已经整整五十七个年头了。我把茉莉花种从卡罗莱纳带到这儿，就装在一个篮子里。我记得头一年的三月，我通宵不眠，在花根周围烧报纸保温。你闻到香味了吗？"

"是的。"

"如果是结婚的事，我已经说过了。五年前我就告诉过你，我不会责怪你的。一个年轻的女人，一个寡妇，即使你有孩子。但我告诉过你，只有孩子是不够的。我说过，不会因为你没有像我一样一辈子守寡而责怪你，这些我都说过的吧？"

"是的，但情况并没有那么糟。"

"没有吗？还能怎么糟？"老妇人坐得笔直，脑袋微微向后仰，瘦削的脸庞与暮光融为一体，庄重典雅。"我不会责怪你。我告诉过你的，你不需要为我考虑。我这辈子就这样了，我没什么要求，那些黑佣都能照料我，不需要为我操心，你听明白了吗？"年轻妇人没有回答，也是一动不动，颇为平静。暮色中，她们的声音似乎在两人之间变成了实物，好像既不是从口中，也不是从纹丝不动、渐渐模糊的脸上发出来的。"可到了那个时候，你得告诉我实情。"老妇人说。

"是关于那些来信的事。十三年前的信，您还记得吧？就在贝亚德从法国回来前，您当时甚至还不知道我们订婚了。我给您看过其中一封，您想把它交给萨托里斯上校，让他查查寄信的人是谁，我不肯那么做。您说正派的女人绝不允许自己收到匿名情书，无论她自己是有多么渴望。"

"是的。我说过宁愿让世人都知道一个女人收到了那样的信，也别让那个男人暗地里对她抱有龌龊的想法而不受惩罚。你对我说你把信烧了。"

"我撒了谎。我保留了那封信。然后我又收到了十封。我没有告诉您是因为您所说的关于正派女人的看法。"

"啊。"老妇人应了一声。

"是的，所有的信我都保留着。我自以为把信藏在了永远没人会找到的地方。"

"然后你又去读了那些信。你时不时就把那些信拿出来读一读。"

"我自以为我把信藏得很好。可您记得吗？贝亚德和我结婚后的一个晚上，有人闯进了我们在镇上的房子，就在同一个晚上，萨托里斯上校的银行记账员携款潜逃了。第二天早上，那些信也不翼而飞，于是我就知道了那些信是谁寄来的了。"

"是的。"老妇人说。她依然没有动，光影中渐渐暗淡的头部像是一件了无生气的银器。

"这么一来，那些信就落在别人手里了，就在世上的某个地方。有一阵子，我快急疯了。想到人们，尤其是男人们会读到这些信，不仅在信上读到我的名字，还会发现我一遍又一遍读信时留下的泪痕。我当时真要疯了。贝亚德和我度蜜月时我就觉得要发疯了，我甚至不能一心一意地想着我的丈夫。那感觉就好像我不得不同时和世界上所有男人上床一样。

"大约十二年前，我生下鲍里，我原以为自己可以放下了，习惯那些信件在别人手里的事实。我也许还想过，那些信已经不存在了，被毁掉了，我已经安全了。我时不时会想到那些信，但鲍里似乎挡在信和我之间，是他在保护着我。好像只要我留在这里，好好对待鲍里和您……可十二年过去了，一天下午，那个男人跑来看我——就是那个犹太人，那个来吃晚饭的男人。"

"啊，"老妇人说，"是有这么个人。"

"他是联邦调查局的探员。他们还在追捕那个偷银行的窃贼。那个探员得到了我的那些信，记账员那天晚上逃跑时，把信弄丢了，或随手扔了，是那个探员找到了它们。他追查这件案子十二年了，信一直在他手里。最后他来找我，想知道那个窃贼的下落。探员觉得既然他给我写那种信，我肯定知道些情况。您还记得他吧，您当时盯着他说，'娜西萨，这北方佬是谁？'"

"是的，我记得。"

"那男人手里有我的信。我的信曾经在他手中整整十二年。他……"

"曾经在他手中？"老妇人问道，"曾经？"

"是的，我现在拿到那些信了。他没把信交给华盛顿，除了他没人读过那些信。"她停顿了一下，轻轻吸了口气，神情平静。"您还不明白是吗？他掌握着信里的所有信息，他不得不把那些信交给调查部门。我求他把信还给我，可他说必须把信上交。于是我问他能不能在孟菲斯见面后再作决定。他问为什么要在孟菲斯，我把原因告诉了他。我知道没法用钱把信从他手里买回来，这就是我去孟菲斯的原因。我十分尊重您和鲍里的感受，所以得到别的地方去。事情就是这样。无论他们的想法是对是错，男人都是一副德行，那些蠢货。"她轻声呼吸着。接着打了个大大的哈欠，彻底松了口气。然后她止住哈欠，再次看着面前一动不动、渐渐模糊的银灰色脑袋。"您还不明白吗？"她说，"我非这么做不可。那些信是我的。我必须拿回来。这是唯一的办法。即使付出再多我也在所不惜。现在我拿到了，我把信都烧了，再也没有人能读到它们了。那探员没法把这事抖出来，哪怕提到曾经有过那些信，他也会毁了他自己的，他甚至可能被关进监狱。现在那些信已经烧掉了。"

"是的，"老妇人说，"所以你回到家里，带着约翰尼出去，两个人一起坐在流淌的溪水中。像是在约旦河，是的，就像是密西西比州乡间草场后面的约旦河。"

"我必须把信拿回来。难道您不明白吗？"

"是的，"老妇人说，"是的。"她笔直地坐在轮椅上。"噢，我的主啊。我们这些可怜愚蠢的女人……约翰尼！"她的话音尖厉，不容置辩。

"怎么了？"年轻妇人问，"您需要什么东西吗？"

"不，"老妇人说，"把约翰尼叫来。我要我的帽子。"年轻妇人起身说："我去拿。"

"不用，我要约翰尼替我拿。"

年轻妇人站在那里，低头看着她挺着背坐在轮椅上，头发好像一顶暗淡的银色王冠。她离开房间，老妇人仍旧纹丝不动。她坐在暮色之中，直到男孩走进房间，手里拿着一顶旧式黑色小圆帽。每当老妇人感到不安时，她就叫人把这顶帽子拿给她。她会把帽子戴在头顶正中，然后一个人坐在窗边。男孩把帽子交给她，他的母亲就在他身旁。黄昏已经完全降临，除了那头银发，老妇人完全被暮色吞噬。"现在需要为您开灯吗？"年轻妇人问。

"不用。"老妇人说，她把圆帽戴在头顶，"你们都去吃晚饭吧，让我休息一会儿。去吧，全都去吧。"她们听话离开，留她一人坐在那儿。只能从银发闪现的亮光中依稀分辨出轮椅中瘦削笔直的身形，身旁的窗户镶嵌着从卡罗莱纳带来的花纹稀疏的装饰玻璃。

4

从八岁起，男孩便坐在餐桌一头属于已故祖父的座位上。可今晚，他的母亲重新调整了座位。"今晚只有我们两个人，"她说，"过来坐我身边。"男孩犹豫着。"求你了，好不好？昨晚在孟菲斯，没有你我觉得好孤单。我不在，你觉得孤单吗？"

"我和珍妮姑婆一起睡的，"男孩说，"我们过得很开心。"

"求你坐到我身边来吧。"

"那好吧，"他答应了，动手把椅子移到她身边。

"坐近些，"她说着，把椅子挪得更近。"我们以后再也不这样了，再也不会了，好吗？"她向他凑近了些，握住了他的手。

"不会什么？你指坐在溪水里吗？"

"再也不分开了。"

"我倒不觉得孤单。我和姑婆一起挺开心的。"

"答应我，答应我，鲍里。"他的名字应该是本鲍，这是她娘家的姓氏。

"好吧。"

穿着夹克衫的伊松为她们开饭，然后回到厨房。

"她不下来吃晚饭吗？"爱尔诺拉问道。

"不吃。"伊松回答，"就坐在窗边，黑漆漆的。她说不想吃。"

爱尔诺拉看看萨蒂："你最后去书房的时候，她们在干什么？"

"她和娜西萨小姐在说话。"

"我去通知开晚饭的时候，她们还在说话。"伊松说，"我告诉过你的。"

"我知道。"爱尔诺拉说。她的声音既不尖厉也不温和，好像发号施令一般，轻柔却又冷淡。"她们在说些什么？"

"我不知道。"伊松说，"是你教我不能偷听白人谈话的。"

"伊松，她们在谈些什么？"爱尔诺拉问。她用严肃专注、发号施令般的目光注视着他。

"有人要结婚了。珍妮小姐说'我早就告诉过你,我不会责怪你。像你这样的年轻女人,我希望你结婚,别和我一样。'她就是这么说的。"

"我也猜她想要结婚了。"萨蒂说。

"谁要结婚?"爱尔诺拉问,"她要结婚?为什么?要她放弃在这儿的一切?这不可能。真想知道上个星期到底发生了什么……"她不出声了,朝房门转过头去,似乎听到什么动静。从餐厅传来年轻妇人的声音,但爱尔诺拉似乎在听别的东西,然后她离开了厨房。她的脚步并不匆忙,但悄无声息迈开大步,瞬间消失在视线里,好似一个了无生气的人坐着轮椅离开了舞台。

她轻声走上漆黑的大厅,穿过餐厅的门,桌边的两人没有注意到她。他们紧挨着坐在一起,妇人身体靠向男孩,正在说话。爱尔诺拉脚步不停,一声不响,身体在阴影重叠之下,她那略显光亮的脑袋好似悬空飘浮一般,她的眼球也微微发白。突然,她停下了脚步。还没走到书房门前,可她却停住了,身体没入在漆黑与寂静之中。黑暗中几乎消失的脸上,一双眼睛突然闪过一丝亮光。她开始轻声唱着:"噢,主啊。噢,主啊。"然后她迈开步子,迅速走向书房门,往屋内望去。仅凭银发上微弱的亮光方能依稀分辨,老妇人一动不动地坐在死寂昏暗的窗边,似乎九十年的生命已在瘦削笔直的躯体内慢慢消逝。尽管生命已经走到了尽头,但消失殆尽前仍会徘徊萦绕片刻,在头顶周围闪现微弱的光芒。爱尔诺拉只朝屋里看了一眼,然后转过身,重新迈着急促无声的步子回到餐厅门前。年轻妇人仍旧靠向男孩,正在说话。他们没有立即注意到爱尔诺拉。身材高大的她就站在门口,没有靠着门框。她一脸茫然,目光涣散,似乎在自言自语。

"我想,你最好快过来一下。"她说着,声音依然是轻柔的,冰冷的,好似发号施令一般。

红

叶

1

　　两个印第安人穿过种植园，朝黑人居住区走去。两排用泥砖搭建用石灰粉刷过的房舍相对而立，里面住着属于这个部族的黑奴们。两排房子中间是一条灰暗的过道，赤脚踩过的地面上留下了一道道印记，几只自制的木偶默默无语地躺在尘土中。这里看不到一丝生命的迹象。

　　"我就料到了会出现这种情况。"第一个印第安人说。

　　"还有我们料不到的呢。"第二个印第安人说。尽管到了中午，那过道里仍然见不到一个人影儿。房舍的门敞开着，里面悄无声息，那满是裂缝的泥灰烟囱里也没有冒出炊烟。

　　"是啊。头人的父亲去世时，就发生过这样的事情了。"

　　"你是说曾经的头人吗？"

　　"嗯。"

　　第一个印第安人的名字叫"三只筐"，他可能有六十岁了。这两个人矮墩墩、胖乎乎的，看上去挺壮实，模样像个布尔人，挺着个大肚子。他们脑袋可不小，那土灰色的大脸上带着某种不易察觉的安详，就像是暹罗或苏门答腊岛上断垣残壁中的人头雕刻，在迷雾中显得影影绰绰的——这是烈日与浓荫造就而成的。他们的头发就像是被烤干了的大地上的莎草。三只筐的耳朵上还夹着一只珐琅鼻烟壶。

"我早就说了这个法子很不好。过去既没有黑人居住区，也没有黑鬼。那时候，时间都是自个儿的，每个人都有空。可如今，人们不得不花掉大把的时间，去给那些喜欢出臭汗的家伙们找活儿干。"

"他们干起活来像牛像马。"

"在这个斤斤计较的世道，他们什么都不像。除了喜欢出臭汗，他们什么都不在乎，他们比白人还要糟糕呢。"

"总不能让头人亲自为他们找活儿干吧。"

"是啊。我可不喜欢养黑奴。这个做法很不好。在过去，这个法子还行，可如今就行不通了。"

"你也不记得老法子是什么样子的了。"

"我听那些记得的人说过，我也试过。人不是生来就是干苦活的。"

"是的。看看他们的身子都成什么样了。"

"嗯，黑不溜秋，还带有苦味。"

"你吃过？"

"就一次。那时我还年轻，胆子大，胃口好。如今情况变了。"

"唉，现在他们很值钱，不能吃了。"

"他们的肉有股子苦味儿，我可不喜欢。"

"总归现在太值钱不能吃了。那些白人愿意拿马匹来交换。"

他们走进了过道。默默无语、瘦骨嶙峋的木偶——那些用木头、破布和羽毛扎成的玩偶——躺在生锈的门槛旁的尘土中，周围都是些吃剩下的骨头和打坏了的葫芦餐具。一间间小屋内悄无声息，也没有脸从门后面露出来。自从伊赛提贝哈昨天死后，就一直如此。可是他们早就料到会出现什么情况了。

居住区的中央有一间屋子，比其他所有屋子都要大一些。到出现某种月相的时候，黑鬼们都要来这里聚会，搞点什么仪式，然后趁着夜幕赶往小溪的下游。他们将手鼓存放在这间屋子里，与其他一些小物件儿——那些神秘的装饰物，还有用红土涂抹了各种符号以记录仪式过程的木棍子。屋子的正中有一个灶台，上方的屋顶露出了破洞，炉膛里几根燃尽的木块已化成了冷灰，灶台上还吊着一口铁锅。百叶窗没有被打开。两个印第安人从刺目的阳光中猛一进屋，什么也看不清了，只感到眼前一阵晃动，闪过一片阴影。他们随着阴影转了转眼珠，才发现屋子里倒是挤满了黑鬼。他们俩站在门口。

"嘿，我说过这个法子不好。"三只筐说。

"我可不想待在这儿。"第二个人说。

"你能闻到黑人身上的恐惧味儿，它与我们身上的味儿是不一样的。"

"我可不想待在这儿。"

"你身上的恐惧也有一股臭味儿。"

"我们闻到的也许是伊赛提贝哈身上的味儿。"

"嗯。他心里是清楚的。他料到了我们会在这儿扑空的。他死的时候也料到了我们今天会扑空的。"在昏暗发臭的屋子里，黑鬼们的目光与臭味将他们包围了起来。"我叫三只筐，你们都认识的，"他对屋子里的人说，"我们是头人派来的。我们要找的人是不是跑了？"黑鬼们没人说话。他们身上的臭味在炙热、凝滞的空气中翻滚起伏着，他们似乎沉思着某个遥远而神秘的物体。他们就像是一只只的章鱼，又像是被挖出来的巨树的根须——粗壮而散发着腐臭味儿的根须纠结在一起，刚刚脱离暗无天日、受尽践踏的日子，却又被翻开的泥土压在了身上。"嗨！"三只筐嚷道，"你们都知道我们的差事。我们要找的人是不是跑了？"

"他们在想什么呢？"第二个人说，"这个地方我可不想待了。"

"他们肯定知道实情。"三只筐说。

"他们是不是把他藏起来了，你觉得呢？"

"不是。他跑了。昨天晚上就已经跑了。头人的爷爷去世时，也发生过，我们花了三天才把他逮住了。杜姆可是在地上躺了三天呢，嘴里还不停地说着'我看见我的马和狗了，可是我没有看见我的黑奴呀。你们把他怎么样了，为啥不让我安安生生地躺着？'"

"他们是不想死啊。"

"嘿，他们可真是难缠，总给我们带来麻烦。不懂荣誉、不懂礼仪的民族，总归是一个祸害。"

"我可不喜欢这儿。"

"我也不喜欢。只不过嘛，他们都是野蛮人啊。别指望着他们能派上用场。所以我说这个法子是很糟糕的。"

"是呀。他们确实难缠，宁愿头顶着太阳干活，也不愿跟着酋长入土为安。他还是跑了。"

黑鬼们一言不发，没人吭声。他们的白眼珠子转动着，充满野性，又带着克制。他们身上的臭味儿既强烈，又刺鼻。"是的，他们害怕了。"第二个人说，"现在怎么办呢？"

"我们回去吧，把情况禀告给头人。"

"莫可塔布会听咱们的吗？"

"那他能怎么办？他不喜欢听我们的禀告，可如今他是部族的头人了。"

"是的，他是头人了。他现在可以穿那双红跟的拖鞋了。"他们转身朝室外走去。门框上没有门。这里的小屋都没有门。

"反正他以前是穿过那双鞋的。"三只筐说。

"那是背着伊赛提贝哈穿的。不过，鞋子如今归他了，因为他做头人了。"

"嗯，听人说伊赛提贝哈不喜欢。我还知道他跟莫可塔布说过'等你做了头人，鞋子就归你了，在你做头人前，鞋子是我的'。眼下莫可塔布成了头人，他可以穿了。"

"可不是吗，"第二个人说，"他现在是头人了。他以前瞒着伊赛提贝哈偷偷穿过，谁搞得清伊赛提贝哈知不知道这回事。伊赛提贝哈死了，年纪可不大，但鞋子归了莫可塔布，因为他如今是头人了。你怎么看这件事呢？"

"我才不想这件事呢。"三只筐说，"你呢？"

"我也不想。"第二个人说。

"很好。"三只筐说，"你很明智。"

2

头人的宅子坐落在小山丘上，橡木林环绕四周。宅子的前端是一艘蒸汽船的甲板室，有一层楼高，那是伊赛提贝哈的父亲杜姆带着黑奴从船上拆下来的。他们把它架在柏木做的滚木上，从十二英里的陆地上一路拖回来的。他们前后花了五个月的时间。那会儿，他的宅子可只有一堵砖墙。他把蒸汽船的侧舷对着那堵墙组装了上去。如今，洛可可式的飞檐上，镀金的色泽早已剥离，变得暗淡，昔日的光彩已经不再。圆拱的下方，百叶窗舱门的上方，那刻有船舱名称的金字还依稀可见。

论出身，杜姆不过是一个副酋长，一个明戈部落的族人。他是酋长家族中的三个外甥之一。他年轻的时候，新奥尔良还是一座欧洲人聚居的城市。他搭了一艘货船做了一次旅行，从密西西比的北部来到新奥尔良，遇上了"金发塞奈·维特里骑士"。从表面上看，这个人和杜姆的社会地位旗鼓相当。在新奥尔良，杜姆混迹于河滨地带的赌徒和恶棍中，最后在这个庇护人的教导下成了一名头领，做了头人，成了那块父系家族土地的继承人和所有者。维特里骑士最先管他叫"杜霍姆"，后来他的名字就成了"杜姆"了。

这两人终日里形影不离——印第安人杜姆，身材矮胖，长着一张粗犷、神秘而缺乏教养的脸；巴黎人维特里，侨居国外，据说是卡隆德莱特的朋友，威尔金森将军[1]的至交。后来，这两个人销声匿迹了。他们去了经常光顾的暧昧场所后，便不见踪影了，留下了杜姆在赌博中赢得巨款的传奇故事，以及与一位年轻女子有染的传言。这个女子出生在一个家境殷实的西印第安人家庭。杜姆失踪后，她的儿子和兄弟们带着一把手枪在杜姆经常光顾的地方找了他好一阵子。

六个月后，这个年轻女人登上了一艘叫"圣路易斯号"的货轮后也失踪了。某天晚上，这艘货船在密西西比河北岸的一个木码头靠了岸，她在一个女黑奴的陪护下离船而去。四个印第安人架着一辆马车前来迎接。他们的马车走了三天，速度很慢，因为她已有孕在身，挺着个大肚子。当她抵达种植园后，发现杜姆已经是酋长了。他从来不提自己是怎么当上酋长的，只是说他的叔叔和堂兄暴亡身故了。那会儿，房子不过是靠着黑奴们日夜赶工造起来的一堵砖墙搭起来的茅草披棚而已。披棚被分隔成好几个房间，里面骨头与垃圾遍地。这座宅子位于万亩森林的中央。在这个无可匹敌的公园内，一头头野鹿犹如家畜一般觅草进食。杜姆和他的女人就是在这座宅子内完婚的。婚后不久，伊赛提贝哈就呱呱坠地了。一位既是巡回牧师又是奴隶贩子的人主持了他们的婚礼。他是骑着毛驴赶来的，驴背上扎着一把棉布伞，还驮着三加仑的瓶装威士忌酒。此后，杜姆开始蓄养更多的黑

---

① 詹姆斯·威尔金森 (James Wilkinson, 1757—1825 年) 美国独立战争时的将军，曾涉嫌把肯塔基地区割让给西班牙，但最后被宣布无罪。

奴，而且像白人一样开荒拓土，但他从来都找不到足够的活儿让他们干。这些从非洲丛林里被贩运而来的黑奴们，大多时候打发着闲散、无所事事的日子。有时候，杜姆为了款待宾客，放出了猎犬，把他们当作猎物来追赶。

杜姆死后，十九岁的儿子伊赛提贝哈成了这片土地的头人。黑奴的人数翻了五倍，可这对他而言毫无用处。尽管他拥有头人的名号，但是他的许多堂兄弟与叔伯们在不同层级统管着这个部族。这些人聚到了一起，自始至终蹲在地上，蹲在蒸汽船金字门匾的下面，就黑奴问题开过一次秘密会议。

"他们的肉不能吃了。"一个人说。

"为什么不能吃？"

"他们的人数太多了。"

"那倒是真的。"第三个人说，"真要是吃起来，就应该把他们全部吃光。吃那么多的肉食，对身体可没啥好处。"

"也许他们的肉跟鹿肉一样，不会对你的身体有害。"

"我们可以杀掉一些，但不吃肉。"伊赛提贝哈说。

他们齐刷刷地看了他片刻。"可为什么呢？"一个人问。

"真是这样。"第二个人说，"我们不能那么做。他们太值钱了。想想看，他们给我们带来那么多的麻烦，我们还要给他们找活儿干。我们得像白人一样。"

"怎么样？"伊赛提贝哈问道。

"开垦更多的土地，蓄养更多的黑奴，种植玉米养着他们，然后把他们卖掉。我们开垦土地，种庄稼，养黑鬼，然后把他们卖给白人来赚钱。"

"可是我们要钱干什么呢？"第三个人问。

他们想了一会儿。

"以后再说吧。"第一个人说。他们蹲在地上，沉思着，表情凝重。

"这意味着要干活。"第三个人说。

"让黑鬼们去干吧。"第一个说。

"好啊，让他们去干吧。流汗可不好。浑身湿漉漉的，毛孔都张开了。"

"到了晚上，寒气也就钻进去了。"

"嗯，那就让黑鬼们去干吧。他们好像很喜欢出臭汗的。"

就这样，他们用黑鬼们开垦了土地，种上了庄稼。直到那时，黑鬼们还居住在犄角旮旯处一个搭有披棚斜顶、如同猪圈一样的大畜栏里。不过如今，他们造好了居住区，搭建了房舍，把一对对年轻的黑鬼们放进去交配。五年后，伊赛提贝哈将四十头黑鬼卖给了孟菲斯的奴隶贩子。他带着这笔钱出了国，他的新奥尔良舅舅安排了这次旅行。那时候，"金发塞奈·维特里骑士"年岁已高，住在巴黎，戴着假发，穿着紧身外套，满口无牙，一张苍老的脸显得小心谨慎，表情怪异而凄惨。他向伊赛提贝哈借了三百美元。作为回报，他把伊赛提贝哈引荐给了上流社交圈。一年后，伊赛提贝哈带着一张镶金大床、一副大烛台和一双红跟拖鞋回国了。据说，国王路易十五的情妇蓬巴杜侯爵夫人曾经在这副大烛台下梳过妆，路易十五还隔着她的香肩对着镜子窃笑傻乐过呢。可那双拖鞋太小，并不合脚。伊赛提贝哈回到新奥尔良前——包括出国期间，从来都没穿过它。

他把这双鞋包在纸巾中带回家，存放在装满雪松刨花的鞍囊空袋内，偶尔会拿出来让他的儿子莫可塔布玩一下。三岁的莫可塔布长着一张宽大、扁平的蒙古脸型。这张脸整日都是一副极端无精打采、昏昏欲睡的神情，直到这双鞋摆在了他的面前。

莫可塔布的母亲曾是一位眉清目秀的姑娘。那天，伊赛提贝哈在她上工的瓜地里看见了她，立刻止住脚步，目不转睛地注视了良久。

她的大腿宽大而结实，后背圆润，面色安详。当时他正走在去溪边钓鱼的途中，之后却再也挪不开半步了。他兀自站在那儿，凝望着这个毫无察觉的女孩，心中也许想起了自己亲生母亲的遭遇：一个城里女人私奔了，带着凉扇、细软和黑人血统，还有那低俗卑鄙、令人遗憾的绯闻。就在那一年，莫可塔布降临人世。长到三岁的时候，他还无法把自己的双脚穿进那双拖鞋中。看着儿子在闷热的下午带着一股邪乎劲儿捣鼓着那双拖鞋，伊赛提贝哈偷偷地笑了。他为莫可塔布试穿鞋子之举偷笑了好几年。穿不上鞋子的莫可塔布从未善罢甘休，直到十六岁那年，他终于偃旗息鼓了，或者说，是伊赛提贝哈自以为他放弃了。其实，他只是不再当着伊赛提贝哈的面试穿而已。伊赛提贝哈新娶的老婆告诉他，莫可塔布偷走了那双鞋，并藏了起来。伊赛提贝哈不再偷笑了，他把女人打发走，自己一个人待着。"喂，"他说，"我现在还想好好地活着呢。"他叫人把莫可塔布找来。"我把鞋子送给你吧。"他说。

再后来，莫可塔布长到二十五岁时，仍未成家。伊赛提贝哈个子不高，但比他的儿子高六英寸，只是体重轻了近一百磅。莫可塔布已经得了肥胖症，宽大的脸上脸色苍白表情呆滞，双手和双脚浮肿。"鞋子如今归你了。"伊赛提贝哈边说边看着他。父亲进门时，莫可塔布看了他一眼，只是短暂的一瞥，目光谨慎而隐晦。

"谢谢。"他说。

伊赛提贝哈看着他，永远弄不清莫可塔布在看什么，看到了什么。"我把拖鞋送给你了，为什么不像以前一样试试呢？"

"谢谢。"莫可塔布说。伊赛提贝哈正在享用鼻烟。这是一个白人教他的：磕一撮烟粉放到嘴唇上，拿一根橡胶树或锦葵树的细枝儿，再把烟粉刮擦到牙根上。

"唉，"他说，"人不可能长生不老的。"他看着儿子，儿子的眼神由专注转为迷茫。伊赛提贝哈沉思了片刻。你没法知道他在想什么，只听见自己几乎嚷了起来："唉，杜姆的舅舅也没有红跟拖鞋呀。"他又看了看体型肥胖、神情呆滞的儿子。"穿上这双鞋，人什么事情都能干得出来，等最后明白了也为时已晚。"他坐在鹿皮绳索悬吊的木条椅上。"这双鞋他根本穿不上。他身上的那些赘肉弄得我和他都很灰心。这双鞋他根本穿不上。这难道是我的错吗？"

　　过了五年，他死了。他是在一天夜里病倒的，尽管穿着皮背心的巫医连夜赶来，而且还焚烧了树枝，但是未到晌午他就死了。

　　这就是昨天发生的事。墓坑已经挖好。在十二个小时内，部族里的人陆续赶来了，有的乘坐客用马车，有的驾着货用马车，有的骑马，有的步行。人们吃着火堆中烧烤出来的狗肉、玉米和番薯，来参加他的葬礼。

3

　　"葬礼要大办三天呢。"三只筐说。他与另一个印第安人走在回去的路上。"要大办三天，东西是不够吃的。我以前见识过。"

　　第二个印第安人的名字叫路易斯·贝里。"这么热的天气，他的尸体会发臭的。"

　　"是啊，来了这么多人是一件麻烦事，是一件让人操心的事。"

　　"也许不需要三天吧。"

　　"他们是从大老远赶来的。是的，头人没有入土前，我们会闻到尸臭的。我说得对不对，你就等着瞧吧。"

　　他们朝宅子走去。

　　"他现在可以穿那双拖鞋了。"贝里说，"现在可以当着别人的面穿了。"

"现在还不能穿，哪怕一会儿。"三只筐说。贝里看着他。"他应该带队去抓人。"

"莫可塔布？"贝里问，"你觉得他会那样做吗？这个连说话都觉得是件苦事的人？"

"那他还能干什么呢？他的老爹就快发臭了。"

"的确是这样。"贝里说，"他要穿上这双鞋，就得付出代价。嘿，他已经得到了那双鞋了。你怎么看？"

"你是怎么看的？"

"你怎么看？"

"我不清楚。"

"我也不清楚。眼下，伊赛提贝哈不需要那双鞋了。莫可塔布得到了它，伊赛提贝哈是不会在意的。"

"嗯，人总是要死的。"

"唉，是的。总要有人当头人的。"

走廊的树皮顶端由去皮的柏树柱子支撑着，高出蒸汽船的甲板室，地面是一条不平整的人行通道。天气糟糕的时候，人们将驴马拴在这块地面已经被踩踏实的地方。蒸汽船的甲板前端坐着一个老人和两个女人，一个女人在给禽肉拌着调料，另一个在剥着玉米，老头儿光着脚，穿一件亚麻罩衫，头戴海狸皮帽子，在说着什么。

"这个世界就要完蛋了。"他说，"这个世界被白人给毁了。白人把黑鬼们蒙骗到这儿前，我们世世代代过得好好的。从前，老人们坐在树荫下，吃着煮熟的鹿肉和玉米，抽着烟丝，说着光宗耀祖的大事情。你看现在，我们在做什么？连老人也要累死累活照顾这些喜欢出臭汗的家伙们。"三只筐和贝里穿过甲板走过来。老头儿打断了话头，抬眼看着他们。他的双眼露出不满而浑浊的眼神，脸上布满了无数细细的皱纹。"他也逃走了？"老头儿问。

"是的。"贝里说,"他跑了。"

"我早就知道。我跟他们说过。可能需要三个礼拜,就像杜姆死的时候那样。你等着瞧吧。"

"是三天,不是三个礼拜。"贝里说。

"你当时在场吗?"

"不在。"贝里说,"可是我听说了。"

"嗯,我当时是在场的。"老人说,"穿过沼泽和荆棘,需要整整三个礼拜。"他们俩丢下絮叨的老人,继续朝前走去。

这艘蒸汽船的大厅位置如今已是一个空壳,正在慢慢地风化。抛光的桃木家具上,雕刻的花纹偶尔发出一点光泽,用模具刻出来的神秘而深奥的图案在不断褪色。破败的舷窗就像患了白内障的眼睛。大厅内存放着几袋种子或粮食,还有一个拆自四轮大马车的传动装置部件,车轴上两根锈蚀的C型弹簧露出了优美的弧线。在大厅的一角,一只狐狸幼崽在柳条笼中富有节奏、悄无声息地来回跑着。三只瘦骨嶙峋的斗鸡在尘埃中走动。地面坑坑洼洼,到处都是干硬的鸡粪。

他们俩穿过那堵砖墙,走进一个由布满裂纹的圆木搭建的大房间中。这里有那辆四轮马车的后半部,旁边是拆下来的车身,马车的窗口钉上了一道道柳木条,里面伸出更多斗鸡幼崽的脑袋。那些静止不动的脑袋上是一双双圆珠状、透着愤怒的眼睛,还有磨损的鸡冠。地面上是夯实的泥土,一个角落里斜靠着一把粗制的犁头,和一对手工削制的船桨。天顶上垂下四根鹿皮绳索,吊着伊赛提贝哈从巴黎带回来的镀金大床。床上既没有床垫,也没有弹簧。床架上横放着一张干净的鹿皮吊床。

伊赛提贝哈想让新娶的年轻妻子睡在那张床上。他患有先天性气喘的毛病,每天晚上都要半躺在木条椅上。他会看着她上床,自己却睡不着。每天晚上,他只能睡上三四个小时,醒来后就坐在黑暗中,假装酣睡，听着她从镀金的丝带床上悄无声息地溜下来，躺到地板上的羽绒垫上。天亮前，她又会悄悄地回到床上，也假装熟睡。这时，待在黑暗中的伊赛提贝哈便偷偷地笑了。

房角立着两根柱子，上面用鹿皮绑着大烛台，那里还有一个十加仑的威士忌酒桶。有一个泥制的壁炉，对着壁炉的是那把木条椅，莫可塔布就坐在上面。他身高五英尺多一点，体重二百五十磅。他身穿一件绒面大衣，没穿衬衫，一副大肚皮犹如滚圆、光滑的铜球，隆起在亚麻短裤的裤腰上。他的脚上穿着那双红跟拖鞋。他的身后站着一个小伙子，手里摇着一把由毛边纸做成的蒲叶状扇子。莫可塔布一动不动地坐着，宽大、泛黄的脸上是紧闭的双眼和一只塌鼻梁，蹼一般的双臂摊开着。他的表情凝重、悲痛，毫无生气。三只筐和贝里进来时，他并没有睁开眼睛。

"他天亮后就穿了那双鞋？"三只筐说。

"是的。"小伙子说，扇子没有停下，"你们能看见。"

"是的。"三只筐说，"我们看到了。" 莫可塔布的身体没有动，看起来就像是一尊雕像，也像是一座马来西亚的神灵，穿着长袍和短裤，敞开胸膛，脚上是一双普通的红跟拖鞋。

"如果换作是我，我就不会打搅他。"小伙子说。

"我可不是你。"三只筐说。他和贝里蹲了下来。小伙子继续不停地摇着扇子。"喂，头人，"三只筐说，"我向您禀告一下。他跑啦。"莫可塔布没有动。

"我早跟你们说过，"小伙子说，"他早晚是要逃跑的。我跟你们说过的。"

"哟，"三只筐说，"事后说起来头头是道，你又不是第一个了。你们这些聪明人啊，为什么不在昨天采取行动加以预防呢？"

"他还不想死。"贝里说。

"他为什么不想死？"三只筐问。

"因为他不相信将来会死，现在就得死啊。"小伙子说，"我也不相信，老伙计。"

"住嘴！"贝里说。

"二十年来，"三只筐说，"族人在地里流汗干苦活的时候，他可是在阴凉地儿伺候头人呢。既然不愿意干粗活，那他为什么不想去死呢？"

"快了。"贝里说，"不用很久。"

"逮住他，再跟他说。"小伙子说。

"嘘！"贝里说。他们蹲下来，看着莫可塔布的脸。他或许已经死了吧。他似乎被胖肉严密地包裹起来，连呼吸都像是从身体幽深处发出来似的，以至于毫无生命迹象。

"听我说，头人，"三只筐说，"伊赛提贝哈死了，他在等着呢。他的狗和马儿归我们了，但是他的奴隶跑了，就是那个给他端盆子的黑奴。那个端他的碗、吃他的饭的黑奴跑了。伊赛提贝哈在等着呢。"

"是啊。"贝里说。

"这已经不是第一次了。"三只筐说，"您的祖父杜姆入土前，就发生过这样的事情。他等了整整三天，不停地问黑奴在哪，您的父亲伊赛提贝哈回答道'我会找到他的，安息吧。我会把他带回来的，这样你就可以上路了'。"

"对！"贝里说。

莫可塔布还是没有动，眼睛也没有睁开。

"伊赛提贝哈在谷底追了三天。"三只筐说，"在没有抓到黑鬼前，他甚至都没有回家吃过饭呢。后来，他对父亲杜姆说'您的狗、马和黑鬼都在这儿了，安息吧'。这话是伊赛提贝哈说的。昨天他死了。可是现在，伊赛提贝哈的黑鬼又跑了。他的马和狗在等着他呢，可是他的黑鬼却跑了。"

"是啊。"贝里说。

莫可塔布没有动,眼睛闭着。他那斜躺着的庞大身躯透露出巨大无边的惰性,某种岿然不动的东西,超越肉体而不为之所困。他们蹲下身子,看着他的脸。

"您父亲成为新头人时,也发生过这样的事情。"三只筐说,"正是伊赛提贝哈把黑鬼抓住,带回到等着入土的父亲身边。"莫可塔布的脸上没有动静,眼珠子也没有动。过了一会儿,三只筐说:"把拖鞋脱下来。"

小伙子把鞋脱了下来。莫可塔布开始喘气了,敞开的胸膛深深地凹了进去,仿佛正从深不可测的肉身中复活过来,也像是从深水或大海中冒出来。不过,他的眼睛还是没有睁开。

贝里说:"他会带人追捕的。"

"是的。"三只筐说,"他是头人了,他会带人追捕的。"

4

一整天,这个黑奴——也就是伊赛提贝哈的贴身仆人,就躲在谷仓里,目睹着他奄奄一息地死去。他的年纪四十岁,几内亚人,鼻子扁平,小脑袋,短头发,双眼的内角微微泛出红色,方方正正的大牙上,前突的牙床露出淡淡的蓝红色。十四岁时,他被一个喀麦隆商人抓走卖掉,当时牙齿还没长齐。他做伊赛提贝哈的贴身仆人已有二十三年了。

伊赛提贝哈病倒的前一天傍晚,他回到黑奴宿舍。平常时光,袅袅炊烟会缓慢升起,穿过一扇扇的大门,将相同的肉味和面包味吹进小巷子的对面人家。女人们在做饭,男人们聚在巷子口,看着他从头人大宅的斜坡上走下来，一双赤脚在异样的暮色中小心翼翼地迈着。面对那些等着吃饭的男人们，他的眼珠里泛着一丝亮光。

"伊赛提贝哈还没有死呢。"领头的人说。

"还没死？"贴身仆人说，"谁没死？"

黄昏中，他们的脸都一样，尽管年龄不同，但都像是猿猴戴上了死亡面具，其背后隐藏着难以捉摸的想法。炊烟的气息，烹饪的味儿，时强时弱，穿过这个异样的黄昏，仿佛来自另一个世界，萦绕在小巷的上空，以及暮色中赤身裸体的小黑鬼们身上。

"如果他能活过日落的话，就一定能活到日出。"一个人说。

"谁说的？"

"大家都这么说。"

"哦，都这么说。我们只知道一件事。"他们一齐看着贴身仆人。他站在人群中，眼珠里泛着一丝亮光，呼吸缓慢而低沉。他光着膀子，身上微微出了点汗。"他知道。他是知道的。"

"我们让鼓声来说话吧。"

"好，让鼓声告诉我们。"

天黑后，鼓声响了起来。他们把鼓藏在了小溪的尽头。鼓是用挖空的柏木桩做成的。黑奴们一向都把鼓藏了起来。为什么藏起来？没有人知道。鼓就埋在沼泽地岸边的泥土中，由一个十四岁的男孩守护着。他个头矮小，是个哑巴，整天蹲在泥泞中，浑身叮满了蚊子，身上什么也没穿，只涂抹了一层用来防蚊的泥巴。男孩的脖子上挂着一个布口袋，里面有一块猪排，上面粘着几片发黑的残肉；里面还有一根铁丝，上头绑着两小块树皮。他的口水滴到了并拢的双膝上，向下流去。时不时有印第安人从他身后的灌木丛中走出来，站在那儿，朝他凝视片刻后离去，而他却毫无察觉。

那个黑奴一直躲在马厩的阁楼中。直到天黑时分，他在阁楼里听到了外面的鼓声。虽然远在六英里之外，可是听起来就像是在阁楼下方的谷仓中隆隆作响。他仿佛也看见了篝火，黑色的四肢在篝火中进进出出，闪烁着古铜色的光亮。只有那儿不会有火光的——那儿和他藏身的落满灰尘的阁楼一样没有火光。在阁楼温暖、古老的方形房梁上，跑动的老鼠发出了耳语般的乐音。那里唯一的火光来自驱蚊的熏烟。女人们怀抱着吃奶的孩子蜷缩着，硕大而下垂的乳房上，鼓起的乳头滑进了男婴的嘴中。她们沉思冥想着，全然忘却了阵阵鼓声，因为火光代表着生命。

蒸汽船里生起了火。伊赛提贝哈躺在床上奄奄一息，他的老婆们围在四周。他的头顶上方竖着一只大烛台，悬空挂着一张镀金床。他能看见生火做饭的炊烟。就在日落前，他还看见了身穿皮背心的医生走到室外，在船头的甲板上焚烧了两根抹了黏土的树枝。"这么说来，他还没有死呢。"黑鬼在晦暗不明的阁楼中低语，也是回答自己。他能听到两个声音，一个是他自己，另一个还是他自己。

"谁还没有死啊？"

"可是你已经死了。"

"哦，我已经死了。"他轻声说着。他希望能待在鼓声响起的地方。他想象着自己从灌木丛中跳出来，让裸露的、细长的、油腻的、看不见的四肢随着鼓声舞动。可他不能够那么做，因为跳跃的时候，人就会从生命之界跳入死亡之地。人冲向了死亡，却没有死，是因为当死神抓走他时，只是将他从这个世界上生的一端带走。死神从身后跑到了身前，他却仍然活着。房梁上老鼠跑动发出的轻微飒飒声，在阵阵微风中倏然沉寂。他曾经吃过老鼠。当年他还是个孩子，刚来到美国，他们在三英尺高的热带甲板夹层中生活了九十天。他们能听见甲板上醉醺醺的新英格兰船长对着一本书吟诵着经文。十年后，他才知道那本书就是《圣经》。他蹲在马厩里，一直注视着那只温和的老鼠。人和老鼠比起来没有那天生机灵的四肢和双眼，但他用手轻轻一挥，毫不费力地抓住了它。他慢慢地吃掉老鼠，感到奇怪的是，这些老鼠怎么能跑得掉呢。当时他还穿着奴隶贩子发给他的一件白色外衣，只会说自己的母语。那奴隶贩子是一位某种一神论宗教的执事。

他现在光着上身，只穿着一条粗布短裤，是印第安人从白人那儿买来的。他的腰间挂着用鹿皮捆扎的护身符，护身符由两个半块组成，一个半块是伊赛提贝哈从巴黎带回来的珍珠母镜片，另一个是一条水蝮蛇的头盖骨。那条蛇是他亲手打死的，他吃掉了蛇肉，丢掉了有毒的蛇头。他躺在阁楼上，注视着头人的宅子和蒸汽船，听着鼓声，想象着自己就在鼓声之中。

一整个晚上，他都躺在那儿。第二天一早，他看见穿着皮背心的巫医走出室外，骑着毛驴离开了。他一动不动，看着驴蹄下腾起的灰尘完全消失。他发现自己还能喘气。不可思议的是，自己仍然在呼吸空气，仍然需要空气。他静静地躺着，观察着，等待着时机动身。他的眼珠泛出一丝亮光，但这是平静的亮光。他的呼吸轻盈而均匀。他看见路易斯·贝里走出宅子，抬头朝天空看去。这不是一个好兆头。已经有五个印第安人穿着礼拜服，蹲在蒸汽船的甲板旁。中午时分，人数增加到了二十五个。那天下午，他们挖了一道壕沟，用来烧烤肉食和番薯。当时吊唁的客人来了已有将近一百个——他们穿着僵硬的欧式礼服，彬彬有礼，安静而有耐心——他看到贝里把伊赛提贝哈的母马从马厩里牵出来，拴在一棵树上；他还看见贝里从大宅子里走出来，手里牵着躺在伊赛提贝哈椅子旁的老猎狗——他把狗也拴在了那棵树上。狗坐在地上，神色凝重地打量着这些来客的脸。随后它吠叫起来。太阳落山了，它仍在吠叫。这时，黑奴从谷仓的后墙上爬下来，走到小河的支流时，已是傍晚时分了。他开始奔跑起来。他能听见猎狗在身后吠叫的声音。快到小河边的时候，他从另一个黑奴身边经过。这两个人，一个纹丝不动，一个在死命奔跑。两人瞬间的对视好像穿越了两个不同世界的分界线。天色完全黑了下来。他继续向前奔跑着，紧闭着双唇，攥紧了双拳，宽大的鼻孔中呼呼地喘着气。

他在黑暗中奔跑。他熟悉这个地区，因为要经常跟随伊赛提贝哈来此打猎，骑驴陪护在伊赛提贝哈的母马一侧，追寻着狐狸或野猫的踪迹。他和追捕者一样熟悉这个地区。第二天日落前不久，他第一次看见了他们。他已经跑了三十英里，一直跑到小溪的尽头，然后又折回来，躺在木瓜树丛中，第一次看见了追捕的人。其中有两个人，穿着衬衫，戴着草帽，胳膊下夹着卷好的裤子。他们是大腹便便的中年人，无论怎样跑也是跑不快的，也没有携带武器。十二个小时后，他们才能返回到他藏身的地方。"这样的话，我就能歇到半夜了。"他说。种植园近在眼前，能闻到生火做饭的气息了。他想自己肯定是饿得不行了，因为有三十个小时没吃东西了。"但是现在最要紧的是歇歇脚。"他自言自语。他躺在木瓜树丛中，不停地对自己絮叨着要歇一歇。正因为总想着要歇一歇，也很需要歇一歇，也很急切地想歇一歇，他的心反而像奔跑时一样怦怦乱跳。他好像忘记了应该怎样歇下来，就好像有足足六个小时也不够休息，也不够想起来应该怎么休息似的。

天刚一黑，他又上路了。因为实在没有地方可去，他本想趁着夜色悄悄地继续赶路，可是一旦开始赶路就拼命地跑了起来，胸口不停地喘着气，张开的鼻孔翕动着，浑身没入冰冷呛人的夜色中。跑了一个钟头后，他迷路了，搞不清自己的方向。他猛地停下脚步，怦怦乱跳的心在听到鼓声后不久就平静了下来。听声音的方向，鼓声就在两英里开外的地方。他顺着声音摸索，最后闻到了烟熏火烤的味儿。他走到了人群中，可鼓声并没有停止，只见领头的人朝他走来。他站在飘浮的熏烟中，大口喘着气，鼻孔翕动不已。满是泥土的脸上，一双不停转动的眼珠发出暗淡的光，好像它们受到了肺的控制似的。

"大家都在等你呢。"领头的说，"你现在走吧。"

"去哪儿？"

"吃点东西走吧。死人是不能让活人陪葬的。你是知道的。"

"嗯，我知道。"两人没有对视。鼓声没有停止。

"你要吃点东西吗？"领头的说。

"我不饿。下午我逮住了一只兔子，躲起来的时候吃掉了。"

"那么你带点熟肉吧。"

他收下了熟肉，用蒲叶包好。他再一次走到小溪的尽头。过了一会儿，鼓声停了。他不紧不慢地走着，直到天色破晓。"我还有十二个钟头。"他说，"也许不止，因为天黑时追捕才开始。"他坐在地上，把肉吃了，在大腿上擦了擦手。随后，他站了起来，脱掉蓝布短裤，蹲在泥沼旁，把全身——脸、手臂、身体、双腿——涂满了泥巴再蹲下来，并拢双膝，弯下了头。天蒙蒙亮时，他又回到泥沼旁，蹲坐在地上睡起觉来。他根本没有进入梦乡，他的身子刚动了一下，就猛然醒了过来。这时天色已经大亮，太阳高高挂起，他看见了那两个印第安人。他们俩的胳膊下夹着卷好的裤子，站在他藏身的对面。他们挺着滚圆的肚子，体型壮实，看起来却气短乏力，草帽和衬衣下摆有点滑稽可笑。

"这真是件累死人的差事。"第一个人说。

"我宁愿待在家里乘凉。"第二个人说，"可是头人还等在那儿入土为安呢。"

"唉。"他们四下张望着。一个人弯下了腰，顺手将衬衣下摆上的一撮苍耳草除去。"那个黑鬼真是该死啊。"他说。

"嗯。除了让我们劳神地去抓人，费心地去照看，这些黑鬼究竟能派什么用场呢？"

过了晌午，黑鬼爬到了一棵树上，朝下方的种植园看去。他能看见伊赛提贝哈的尸体停在两棵树中间的吊床上，树上拴着马和狗。蒸汽船周围的空地上挤满了马车、马和骡子，还有两轮手推车和未卸鞍的马。三五成群的妇女、孩子和老人们，快乐地围坐在壕沟旁，烤肉的火堆中缓慢地冒出缕缕浓烟。青壮年男人和半大的男孩子在身后的溪谷中追捕逃奴。他们的礼拜服整体地叠放在树杈上。宅子的大门旁，蒸汽船大厅的入口处，聚拢了一堆人。他一直注视着他们。没过多久，只见人们用鹿皮和柿树枝条做成的轿子把莫可塔布抬了出来。而黑鬼，这个被追捕的猎物，正躲在枝繁叶茂的树梢上，静静地看着他走向无可挽回的末日，他的表情和莫可塔布一样高深莫测。"嗨，"黑鬼嘀咕着，"他就要走了。他的躯体十五年前就死了，现在人也要走了。"

晌午过半，他和一个印第安人面对面地碰上了。他们俩是在泥沼地的独木桥上相遇的。黑鬼身形干瘦，脸色憔悴、冷峻，毫无倦意，不顾一切地逃命；印第安人身形矮胖，绵软乏力，一副极不情愿、极其慵懒的神态。印第安人没有移动，也没有发声，只是站在独木桥上，眼睁睁地看着黑鬼跳进泥沼，游上岸，然后跌跌撞撞地钻进了矮树林。

太阳快要下山时，他躺在一棵倒伏的圆木后。圆木上的一列蚂蚁缓缓地爬行着。他抓起这些蚂蚁慢慢地吃掉，神情超然，犹如餐桌上的食客吃着盘子里加盐的坚果。蚂蚁身上也有一股咸咸的味道，让人忍不住地流口水。他慢慢地吃着，看着蚂蚁源源不断地爬上圆木，竟毫未察觉即将降临的可怕厄运。除了蚂蚁外，他一整天没吃东西了。透过脸上的泥巴面具，布满血丝的双眼骨碌碌乱转。太阳下山后，他沿着小溪的堤岸爬着，看见了一只青蛙。这时，一条水蝮蛇在他的前臂上重重地、结实地咬了一口。笨拙的攻击在他的手臂上留下了两道又长又斜的伤口，就像是剃刀划过的两道斜线。由于势头过猛，冲得太急，蛇几乎被它自己带倒在地有一会儿却对自己的笨拙和暴躁无能为力。"干得好，老家伙。"黑鬼说。他摸了摸它的头，看着它在自己的胳膊上重重地、飞快地、笨拙地又咬了一口。"我可不想死啊。"他说。然后又说了一遍——"我可不想死啊"——语气平和，略带一点迟来的惊讶，仿佛这句话说出来前，他自己不知道似的，不知道自己究竟想要怎么样，程度有多深。

5

莫可塔布随身带着那双拖鞋。走路的时候，或是斜躺在轿子上，他都没法穿上它，所以这双裂了口、易损坏的拖鞋被放在他腿上的一块鹿皮上。这双鞋现在已走了样，皮革上满是鱼鳞般的裂纹，鞋扣全都掉光了，鞋跟泛出暗红色。它横卧在斜躺着的了无生气的肥胖身体上。人们轮换着抬着他，走过沼泽和荆棘，一成不变地抬着罪恶和罪恶的化身，干着杀戮的营生。莫可塔布总以为自己是要长生的，可时下正被命里注定的小鬼们抬着在地狱里穿行。他活着的时候，这些小鬼们寻思着他的不幸；他死了之后，这些小鬼们是他下地狱时的无私忘我的无名伙伴。

短暂歇脚的时候，人们蹲坐在地上，围成一圈，在中间支起了他的轿子。莫克塔布一动不动地坐在轿子上，双目紧闭，脸上的神态既有片刻的安详，也传达出确定无疑的信号：他可以把那双拖鞋穿上一会儿了。服侍他的小伙子费力地把硕大而柔软的胖脚朝鞋里塞去。莫可塔布的脸上又表现出了无可奈何与全神贯注的痛苦神情，就像是得了消化不良症一样。人们继续向前行进。他没有动弹，也没有出声，神情呆滞地斜躺在晃晃悠悠的轿子上。他的呆滞来自某种巨大的惰性，或许可以归于君王的某些美德——比如勇气或坚毅。过了一会儿，他们把轿子放在地上，朝他看去，只见一张蜡黄的脸如同木偶一样，渗出了一粒粒的汗珠。这时，三只筐会说："把鞋脱了吧。荣誉已经足够。"大家就会把他的鞋子脱了。莫可塔布的表情不会随之变化，但只有这时大家才能察觉到他的呼吸声，苍白的嘴唇一开一合，发出了微弱的"啊——啊——啊——"的声音。当打探消息和送信的人赶来时，大家才会又蹲坐到地上。

"还没有抓到？"

"还没有。他朝东面跑了。太阳下山的时候，他跑到提帕山口那儿，然后折返回头。也许我们明天就能抓住他。"

"但愿如此。可是不会那么快的。"

"嗯，如今都过了三天了。"

"杜姆死时，只用三天就抓到了。"

"那次是个老头，这次是个年轻的。"

"嗯。这就要看谁跑得快了。如果明天把他抓住，我就能赢到一匹马。"

"祝你获胜。"

"嗯，这可不是一件痛快的活儿。"

就在那天，种植园给每个人发了食物。客人们各自回家，第二天带来了更多吃的东西，足够吃一个礼拜。那天，伊赛提贝哈开始发臭了。接近晌午，天气转热，开始刮风，在溪谷两端老远的地方都能闻到尸臭的味儿。然而那天他们并没抓到黑鬼，第二天也没有。第六天黄昏时分，打探消息的人来到轿子前。他们发现了血迹。"他伤着了自个儿。"

"我希望伤得不重。"三只筐说，"服侍不了伊赛提贝哈的人，我们是不会送去陪葬的。"

"总不能让伊赛提贝哈伺候、照料他吧。"贝里说。

"我们还不知道。"探消息的人说，"他已经躲了起来。他悄悄地溜回了沼泽地。我们在那儿插上了尖顶木桩。"

这时，人们抬着轿子一路小跑起来。黑鬼溜进去的泥沼离这儿有一个小时的路程。他们迫不及待地赶路，兴奋得忘了莫可塔布还穿着那双拖鞋。赶到泥沼地的时候，莫可塔布已经昏倒了。他们赶紧把鞋脱下来，救醒了他。

黑暗中，他们绕着沼泽地围成了圈，然后蹲在地上。空中飞满了密密麻麻的蚊子等各种昆虫。夜明星在低空闪耀，朝西面的地平线落去。众多的星斗运转到了头顶的上空。"我们暂且放他一马吧。"他们说，"明天把他逮住也是一样的。"

"嗯。放他一马吧。"于是他们不再说话，一起凝视着茫茫夜色中的泥沼地。没过多久，喧嚣声停止了。很快，打探消息的人又从黑暗中跑了过来。

"他想从泥沼里跑出去呢。"

"你们把他拦回去了吗？"

"拦回去了。我们三个人担心了好一阵子。我们能嗅到他在黑暗中悄悄地爬着。我们还嗅到了别的东西，可不晓得是什么，所以我们感到害怕。后来他跟我们说了实情。他让我们就在那儿把他杀了，因为在黑暗中，他就不会看到我们的脸了。不过，那不是我们嗅到的味儿。然后他把实情跟我们说了：一条蛇咬了他，三天前咬的。他的胳膊肿了，味儿很难闻。不过，那也不是我们闻到的味儿，因为红肿已经消了。他的胳膊差不多和小孩的胳膊一样粗。他把胳膊伸给我们看。我们摸了摸，三个人都摸了。他的胳膊和小孩的胳膊一般粗。他说给他一把短柄斧，他想把那条胳膊砍掉。不过，今儿抓和明儿抓没啥两样。"

"是啊，今儿抓和明儿抓没啥两样。"

"我们担心了好一阵子。后来，他又跑进沼泽里去了。"

"这样很好。"

"嗯，我们感到担心。要不要告诉头人？"

"我去瞧瞧。"三只筐说完后去了。探信的人蹲坐在地上，又讲起了那个黑鬼的事。三只筐回来了。"头人说这样很好。回到你的岗位上去。"

探信的人蹑手蹑脚地走了。人们蹲坐在轿子周围，时不时地睡上一会儿。下半夜的时候，黑鬼把他们给吵醒了。他大喊大叫起来，自个儿对自个儿说着话，尖厉的声音突然从黑暗中传来，随后又突然沉寂了。黎明降临，一只白色苍鹭拍着翅膀，缓缓地飞过淡黄色的天空。三只筐醒了。"我们马上出发，"他说，"就在今天，要把他抓住。"

两个印第安人走进沼泽地，动静弄得很大。他们还未到黑鬼那儿就停下脚步，因为黑鬼高声唱了起来。他们俩看到他了，只见他的身上一丝不挂，涂满了泥巴，坐在一根圆木上，大声唱着。他们隔着一段距离一言不发地蹲了下来，直到他把歌唱完。他用他自己的语言吟唱着，高仰着的脸朝着初升的太阳。他的嗓音清晰、圆润，透着野性和悲伤。"让他唱吧。"印第安人一边说，一边蹲了下来，耐心地等待着。他停下来，两人靠了过去。透过裂开的泥巴面具，他回头看了他们一眼。他的眼睛满是血丝，又短又方的牙齿咬在裂开的嘴唇上。泥巴面具戴在他的脸上看起来很宽松，好像戴上面具后就瘦掉了一圈肉似的。他抬起左边的胳膊放到胸前，胳膊肘以下的地方涂满了斑驳杂乱的黑色泥巴。他们能闻到他身上的味儿，奇臭无比的味儿。他静静地看着他们，直到有人碰了碰他的胳膊。"来吧。"印第安人说，"你挺能跑的。没什么好丢脸的。"

6

　　在沾染了臭气的明媚的上午，他们到了种植园的附近。这时，黑鬼的眼珠子转动了一下，好似马的眼睛。烧烤坑里冒出来的烟雾擦着地面飘散着。烟雾中等候的客人们，蹲坐在院子里和蒸汽船的甲板上，穿着鲜艳夺目、僵硬呆板的盛装，这些客人是妇女，孩子和老人。他们派去了很多人沿着谷底打探消息，有一个人被派到了最前哨。伊赛提贝哈的遗体被转移到了掘好的墓地旁，还有那匹马和那条狗。不过，在他生前住过的宅子附近，人们还是能嗅到他死后的尸臭味儿。替莫可塔布抬轿子的人爬上斜坡，客人们开始朝墓地走去。

　　去往墓地里的人群中，黑鬼的个头最高。留着短发、涂满了泥巴、高昂着的脑袋高过在场所有的人而凸显出来。他艰难地呼吸着，仿佛这绝望挣扎的六天、这被判了缓刑的六天、这铤而走险的六天，一下子全弹射到他的身上。尽管他走得很慢，但是他满是伤痕、赤裸着的胸膛上下起伏着，左臂紧紧地贴在身前。他连续不断地东看看西看看，好像什么都没看见，仿佛视觉和目光永远脱了节。他的嘴巴微微张开了，露出了一口大白牙。他大口喘起气来。赶往墓地的客人们停住了脚步，回头看过来，有些客人手里还拿着几块肉。黑鬼用狂野、克制而不安的眼神，上下打量着他们的脸。

　　"你想不想先吃点东西？"三只筐说。他不得不又说了一遍。

　　"想。"黑鬼说，"问对了，我想吃东西了。"

　　人群开始往回挤，朝中间涌过来。话向外围传了过去："他想先吃点东西。"

　　他们走到了蒸汽船那儿。"你坐下。"三只筐说。黑鬼在甲板的边上坐下。他还在急促地喘气，胸膛起伏不断，脑袋不停扭动，眼珠子骨碌碌乱转。他的眼睛视而不见，好像是因为内心，因为绝望，而不是因为视力丧失。人们拿来食物，安静地看着他吃。他把东西塞进嘴里，慢慢地嚼着，嚼碎了一半的食物从嘴角流出来，顺着下巴滴下来，落到了胸口。过了一会儿，他不再嚼了，坐在那儿，赤裸的身上覆盖着一层干涸的泥巴，膝盖上放着一只盆子，嘴里塞满一团嚼碎的食物，嘴巴张开，眼睛睁得大大的，眼珠乱转，急促而不停地喘着气。人们看着他，耐心而不安地等待着。

"来吧。"三只筐终于开口。

"给我水喝。"黑鬼说，"我要喝水。"

水井在斜坡下不远的地方，靠近黑人宿舍区。午后的阳光在斜坡上洒下了斑驳的影子。每当这个宁静的时刻到来，伊赛提贝哈就会躺在椅子上打盹，等着享用午餐，随后在漫长的下午睡上一觉，而黑鬼——他的贴身仆人——就会空闲下来。他会坐在厨房的门口，和做饭的女仆们聊天。在厨房的远处，黑人宿舍区的过道变得安静祥和，女人们隔着过道互相交谈。生火做饭的炊烟吹在小黑鬼们的身上，他们就像是灰尘中的乌木玩具。

"来吧。"三只筐说。

黑鬼走在人群中当中，个子比任何人都高。吊唁的客人们向伊赛提贝哈、那匹马和那条狗的方向移动。黑鬼一边走一边不停扭动着高昂的脑袋，胸口急促喘动。"来吧。"三只筐说，"你想要喝水。"

"是的。"黑鬼答道，"是的。"他回头看了看大宅子，然后下坡朝宿舍区走去。今天，这里没有生火，门口没人探出脸来，尘土中也没有小黑鬼们。"蛇就是在这儿咬了我，狠狠地咬在这条胳膊上。一下、两下、三下。我说，'干得好，老家伙。'"

"你过来吧。"三只筐说。黑鬼继续做着走路的动作，高高地抬起膝盖，高昂着头，仿佛踩着一辆脚踏车。他的眼睛里露出了野性而克制的光芒，就像是一匹烈马的眼睛。"你说要喝水。"三只筐说，

"这儿有水。"

水井里有个水瓢。人们用它舀满了水,递给黑鬼。人们看着他喝水。他把水瓢慢慢端到满是泥巴的脸前面时,眼睛却没有停止转动。人们能看见他的喉咙动了动,明晃晃的井水从水瓢的两端哗哗流下,流在他的下巴和胸口上。这时,流水停了。"来吧。"三只筐说。

"等一等!"黑鬼说。他又舀满了一瓢水,举到自己的嘴边,眼睛不停地转动着。人们又一次看到他的喉咙蠕动着,没咽下去的井水,裂成无数水线,顺着下巴汩汩地流下来,在涂满泥巴的胸口冲出了一道沟槽。人们耐心地等着,表情严肃,举止得体,毫不动容。他们是部族里的人、吊唁的客人,还有死者的亲属。这时,水不再流了,但空空的水瓢却被举得越来越高。他黑色的喉结徒劳地蠕动着,模仿着受阻的吞咽动作。一块被井水冲松的泥块从他的胸口脱落下来,在满是泥巴的脚面上碎开。人们能听见空水瓢中传出他的呼吸声:呼噜——呼噜——呼噜。

"来吧。"三只筐一边说着,一边将黑鬼手中的水瓢拿走,挂回到井沿上。

纵火案

治安官把法庭设在一家杂货铺内，铺子里弥漫着一股奶酪味儿。男孩坐在自带的小马扎上，蜷缩在挤满了人的屋子后面。他心里可清楚了，自己闻到了奶酪味儿，还嗅到了其他更多的味儿。他坐在那儿，看见一排排的货架上密密麻麻地摆满了各式各样的铁皮罐头，矮墩墩的，看上去挺结实的。他偷偷地认着罐头上的商标贴纸，搞不懂那些歪扭字母的意思，只认得贴纸上猩红色的熏肉和银白色条纹的鱼——他心里可清楚了，自己闻到了奶酪味儿，五脏六腑里还闻到了罐装肉的味儿，它们一阵阵地飘过来，断断续续的。这种短暂飘来的味儿与另一种永久不散的味儿——一点点的恐惧味儿和恐惧感——混杂了起来。这种恐惧味儿和恐惧感，大多是因为内心的绝望和悲伤，是因为那古老的血脉又偾张了起来。他看不到法官座位前的审判桌，那儿站着父亲和父亲的仇人。我们的仇人，他在绝望中想着，我们的仇人！我们俩的共同仇人！我要站在父亲一边！他倒是能听见他们说话的声音。是两个人说话的声音，那是法官和父亲的仇人在说话。父亲到现在还没有说过一句话呢。

　　"你有什么证据呢，哈里斯先生？"

　　"我说过了。他家的猪跑进了我家的玉米地。我逮住了，还给了他。他家的猪圈关不住猪。我跟他说过，还警告过他。第二次，我把猪关进了我家的猪圈，他来要猪的时候，我给了他很多铁丝，让他把猪圈补一补。第三次，我把猪给扣下了，就没给他，我骑马去了他家，只见那卷铁丝被扔在院子里了。我对他说，如果给我一块钱的赔偿费，我就把猪还给他。那天晚上，来了一个黑鬼，手里拿着一块钱，把猪给领走了。这个黑鬼我不认得。他说'他让我给你捎个话，木头干草，见火就着。'我就问'你说什么呀？''他让我给你捎个话，'黑鬼说，'木头干草，见火就着。'那天晚上，我家的谷仓就着火了。牲口都救出来了，但是谷仓没有了。"

"那个黑鬼在哪儿？你能找到他吗？"

"那个黑鬼我不认得，我说了。我不知道他后来去哪儿了。"

"可是这不能算证据。难道你看不出这不能算证据吗？"

"把那个男孩叫过来。他知道的。"有一会儿，男孩也以为那个人说的是他哥哥。后来哈里斯说："不是他。是小的那个。是这个男孩。"男孩蜷缩在那儿，看起来比实际年龄小，像他父亲一样瘦小结实，褪色的牛仔裤上打满了补丁，穿在他的身上太小。他长着一头直立而蓬乱的棕褐色头发，灰色的眼睛里透着野性，宛如风暴前翻滚的乌云。他看见审判桌前坐着的那些人了，个个板着一张阴冷的脸。那最后一张脸就是法官了，只见他身穿破旧的无领上衣，头发花白，戴着眼镜，正招手让他过去。他光着脚，脚底下却感觉不到地板的存在。一张张阴冷的脸朝他看过来，他似乎走在了透明的重压下。父亲，穿着一身黑色的周日礼服——这身行头不像是来参加庭审的，倒像是来搬家的——僵硬地站在那儿，甚至连看也没看他一眼。他想让我撒谎，男孩心里想着，又一次感受到了那种强烈的悲伤和绝望。我只能撒谎了。

"你叫什么名字，孩子？"法官问。

"萨多里斯·斯诺普斯上校。"男孩小声回答。

"嗯？"法官说，"大声点儿。萨多里斯上校？我想在这个国家，无论谁取萨多里斯上校这个名字，他都会情不自禁地讲真话的，是吧？"男孩没有吭声。仇人！仇人！他心里想着。有一会儿，他甚至看不清，看不清法官的表情是友好的，也没有发现法官是用厌烦的语气对那个叫哈里斯的人说话的。他说："你想让我审问这个孩子吗？"但是他能听见，在随后漫长的几秒钟内，拥挤的小屋内鸦雀无声，只有平静而专注的呼吸声。他好像是从葡萄藤的末梢儿荡了出去，越过了一道山涧，荡到了秋千的最高点时，立刻被睡眠中的地球引力绊住了，在这短暂而又漫长的一瞬间，时间也处于失重的状态。

"不是！"哈里斯暴跳如雷、气急败坏地说道，"见鬼去吧！让他从这儿滚出去！"时间，这个液体的世界，此时此刻又在他的脚底下奔流了。各种声音又回到了男孩的耳边，夹杂着奶酪味儿和罐装肉的味儿，还带着恐惧和绝望，以及那与生俱来的古老的悲伤。

"这个案子结了。我们找不到不利于你的证据，斯诺普斯，但是我想给你一个忠告——离开这个地方，不要再回来了。"

他的父亲第一次开口说话了，声音冷漠刺耳，语气平淡刻板，毫无重点。"我是要搬走的。我可不想老待在这个地儿，这帮人——"他说出了一串不堪入耳的粗言恶语，但不知道骂的是谁。

"行了。"法官说，"赶上你的大车，天黑前离开这个地方。审案结束。"

他的父亲转身离去。他跟在那僵硬的黑礼服身后。身形瘦小的父亲走起路来不太利落。三十年前他骑在一匹偷来的马上时，南军的守卫用枪弹打伤了他的脚后跟。这会儿，走在前面的变成了两个人，他的哥哥不知道什么时候从人群中冒了出来。他的个头和父亲差不了多少，但体型稍大，那嘴巴里不紧不慢地嚼着烟叶。他们从两排脸色阴冷的人面前经过，走出了杂货店，穿过了那条破败的走廊，下了松松塌塌的台阶。几只小狗和半大的孩子们笼罩在温暖五月的尘土中。他从孩子身边经过时，听到了一声咒骂：

"纵火犯！"

他的眼睛又一次看不见东西了，脑袋一阵晕眩。红色的薄雾中出现了一张脸，如同月亮一般，但是比满月时的月亮还要大。这张脸的主人个头只有他的一半。他向红色薄雾中的那张脸扑过去，没有感觉到自己被打了，也没有感觉到自己被人推搡，那脑袋就一下子撞到了地上。他挣扎着爬起来，又扑了上去，这次还是没有感觉自己被打，也没有闻到血腥味儿。他又挣扎着爬起来，只见那个男孩早已撒腿跑了。他正要迈步追赶时，父亲一把把他拉了回来，那个冰冷刺耳的声音在耳旁响了起来："走，到车上去。"

大车停在马路对面的槐树和桑树林里。两个粗胖的姐姐穿着周日的礼服，母亲和姨妈一身印花布衣，头戴着太阳帽，都已经坐在车上了。她们的身边和脚下，是那些经历了十几次搬家留下的破烂家当。男孩对这些物件儿无比熟悉：破旧的炉子、破烂的床和椅子、镶嵌着珍珠与贝壳的时钟。时钟是母亲的嫁妆，指针早已不走了，时间定格在被忘却了的某年某月某日的两点十四分。母亲刚才还在流泪，看见他时，用衣袖在脸上抹了一把，然后从骡车上走下来。"回去。"父亲说。

"他受伤了。我弄点儿水来，帮他洗————"

"回到车上去。"父亲说。男孩从后面上了骡车。父亲翻身爬上了赶车的座儿，哥哥已经坐那儿了。父亲拿起一根剥了皮的柳树条，朝枯瘦的骡子身上狠狠地抽了两下，不过不是发泄心中的怒气，甚至也不是故意要虐待动物。在以后的多少年里，他的子孙们正是带着这种狠劲儿，在没有把汽车开出去之前，总要让发动机没完没了地空

106

转起来——这样做同一边用柳条抽打，一边勒紧缰绳都是一回事儿。骡车继续向前跑着，杂货店连同那些默默无语、冷眼旁观的看客们都被抛在了身后。骡车拐过了一道弯后，什么也看不到。永远看不到了，他心里想着。也许现在他该心满意足了，他现在不是已经——他没有再往下想了，有些想法是不能说出口的，甚至对自己也不能。母亲把手搭在了他的肩膀上。

"疼吗？"她问。

"这会儿不疼了。"他说，"我没事。"

"血没干的时候，你干吗不把它擦掉呀？"

"晚上我会洗掉的。"他说，"我说了，我没事。"

骡车继续向前跑着。他们究竟要去哪儿，他不知道，他们都不知道，也没人问过。因为总得去个地方，总得找个房子住下来，兴许要跑上一天、两天甚至三天的路程。兴许，父亲已经做好了安排，先帮某个农场打理庄稼，然后——他又一次逼着自己不要再想下去。他的父亲做事就是这样，只要条件还凑合的话，他就能把身上某种像狼一样特立独行的东西，甚至还有胆略，充分展示出来。这是很能打动陌生人的，仿佛人们能从他那潜在的贪婪和凶狠中，得到的——与其说是某种信任，不如说是某种感觉：这个人相信自己要做的事是错不了的，只要与他的利益保持一致，那也是大有好处的。

那天晚上，他们在一片长着橡树和榉树的林子里露营，那儿有一泓潺潺流淌的泉水。夜间的天气仍然很凉。他们从附近的篱笆上拆下了一根横木，劈成了几段，生起了一堆火来御寒。火堆很小，看上去很齐整，小模小样的，那可是精于算计的一堆火。说起来，生一堆小火可是父亲积久养成的习惯，甚至在天寒地冻的日子里也是这样。如果再长大一些，男孩就能察觉出来，就会感到疑惑：为什么不生一堆大火呢？父亲亲眼看到过战争带来的无情破坏和靡费，而且对不属于

107

自己的财物有一种与生俱来的贪婪与挥霍。既然如此，他为什么不把自己能找得到的东西都付之一炬，来烧一堆大火呢？他还可以继续想下去，兴许就能想到下面这个原因了：在那四年当中，父亲骑着一匹匹被他叫作"缴获到的"的马上，在林子里东躲西藏的，既要躲开穿蓝制服的，也要躲开穿灰制服的，而这一撮撮的小火苗可是他熬过无数夜晚的救命火啊。

如果再长大一些，他兴许还能找到真正的原因来：火是父亲禀性中的重要元素，是深层的内在动因，就像钢铁或火药是别人的元素一样。火是维护人格完整的唯一武器，否则生命就不值得活下去了，因此对火就要持毕恭毕敬的态度，用火的时候就应当小心谨慎。

不过，他眼下可没有想这些。这么多年来，他看到的都是这些一成不变的小气的火堆。他只是在火堆旁吃了晚饭，然后躺到了铁板床上。当他差不多迷迷糊糊睡着时，父亲就把他给叫醒了。他又一次跟在了僵硬的背影的后面，跟在了僵硬冷漠的跛脚的后面，爬上了山坡，走到了那条洒满星光的马路上。在那儿，他一扭头，就看到了星光映衬下的父亲，可是父亲的脸儿看不清，也看不透。他的眼前只是一个黑色的轮廓，扁扁的，没有血色，好像是用薄铁皮剪出来似的，裹在了铠甲似的不合身的长礼服中，那说话的声音像薄铁皮一样刺耳，也像薄铁皮一样冷冰冰的：

"你盘算好了要跟他们说实话。你差一点儿就跟他们说了。"他没有吭声。父亲抡圆了巴掌，照着男孩的脑门子就扇了过去，劲儿使得挺足，可是却没有怒气，跟他在杂货店门前狠抽那两头骡子时没什么两样，跟他抄起棍子拍死骡身上的马蝇子也没什么两样。他说话的声音还是冷冰冰的，没有怒气："你就要长成大人了。你得长点脑子啊。你得长点脑子帮着自个儿家里的人，不然的话，自个儿家里的人就不会帮着你的。你觉得早上的那两人，还有店里的那帮人，有谁会

108

帮着你的？你难道不知道，这些家伙们就想逮着个机会算计我一下，因为他们知道没赢过我？你懂吗？"二十年后，男孩还告诫自己"如果当时顶嘴说法庭只是弄清真相，公平判案，保准自己又要挨他一顿揍了。"不过当时他什么都没说，也没有哭，只是默默地站在那儿。

"问你话呢！"父亲说。

"我懂了。"他轻声回答。父亲转过身子。

"睡觉去吧。明儿个我们就到了。"

第二天他们就到了。午后不久，骡车停靠在一座没有漆过、里面被隔成两间的房子前。在男孩活过的这十年当中，骡车停靠过十几个跟这一模一样的房子。就跟那十几次搬家一样，母亲和姨妈先下了骡车，动手搬起了家当，两个姐姐、父亲还有哥哥坐在那儿纹丝不动。

"这地儿怕是连猪也不能住吧。"一个姐姐说。

"不管怎样，不能住也得住。住进去了，你就会喜欢上的。"父亲说，"别干坐在椅子上，快帮你妈搬东西呀。"

两个姐姐下了车。她们俩块头儿大，走起路来慢吞吞的，身上扎着不值钱的丝带。一个姐姐从车厢的家当中拖下来一盏破损的马灯，另一个姐姐从里面搜出来一把破旧的扫帚。父亲把缰绳递给了大儿子，一瘸一拐地从驾车座上爬了下来。"东西搬完了，把牲口带到马厩里喂一下。"他吩咐着，"你跟我来。"起初，男孩以为父亲是冲着他哥哥说的。

"是我吗？"他问。

"是的。"父亲说，"你跟我来"。

"艾伯纳。"母亲叫道。父亲止住脚步，回头看了看。蓬松花白、神色恼怒的眉宇下，是一双严厉逼视的眼睛。

"说起来我总得和人家打个招呼。从明儿开始，在接下来的八个月里，我就要把自个儿全都交给人家管了。"

他们沿着那条马路回去了。一个星期前——或者说，昨晚之前，他原本想问父亲带他们去哪儿来着，但眼下是不会问了。昨晚之前，父亲揍他也是常有的事，但揍完了从来不说为什么。父亲扇他的那一巴掌，和说话时平静粗暴的口气，仿佛还在耳边嗡嗡作响，萦绕着，回荡着，倒也使他明白了一个道理：小孩子家真成不了事儿，小小的年纪在别人眼里根本就没啥分量；要说这分量吧，说轻也不轻，要想从这个世界上自由地飞起来是不可能的，好像一切都是注定了似的；说重又不重，又不能使他牢牢地站稳脚跟，去反抗、改变这个世道。

不一会儿，他看见了那片林子，里面都是些橡木、雪松以及其他各种开了花的树木和灌木。那幢宅子就在林子里，只是现在还看不见。一道篱笆墙的旁边长满了忍冬和金樱子。他们沿着篱笆走过去，来到了一个敞开的大门前，大门两侧立着两根砖垒的柱子。顺着一条弯弯的车道看过去，他这会儿才第一次见到了那座宅子。这一刻，他忘记了父亲的存在，也忘记了内心的恐惧和绝望，甚至当他后来又想到父亲的时候（父亲并没有停下脚步），那种恐惧和绝望就再也没回来了。他们虽然搬过十二次家了，可住过的总是穷苦的地方，那儿的庄园、田地与房子都很小。他以前可从来没有见过这样的大宅子。大得跟府衙似的，他心里暗暗地想着，情绪顿时平和了下来，一阵欣喜也涌上了心头。他自己也说不清为什么，兴许是因为他还是小孩子吧。他心里想着：这下父亲可不会招惹他们了。这儿的人过着如此安宁和体面的生活，跟父亲可是沾不上边的。说起来，父亲只不过是一只嗡嗡叫的小黄蜂罢了——蜇人的话，也只能蜇一小会儿，仅此而已。这儿的安宁和体面带有某种魔力，甚至能让这儿的谷仓、马厩和畜栏什么的坚不可摧，而父亲存心点出来的小小火苗也是奈何不了的……他又看了看父亲呆板的黑色后背，那一瘸一拐的僵硬身影仍然是一副桀骜不驯的样子，心中的平和感与欣喜感顿时消失。并不是这

110

幢大宅子让父亲的身影显得矮小，而是因为随便走到哪儿，他的身影都从来没有高大过。倒是在这个宁静的圆柱形府邸的衬托下，那身影显得比以前更加我行我素了，好像是从白铁皮上剪下来似的，冷冰冰的、单薄的，假如侧对着太阳的话，地上都照不出影儿来。看着父亲的身影，男孩察觉到了他笔直地往前走着，绝对没有半点儿的偏离。父亲僵硬的脚步正好踩中了骡车道上一堆新鲜的马粪，只要那只脚简单地朝前跨上一大步，本来是可以避开的。不过，那种平和感与欣喜很快又回来了，尽管还是说不清为什么。走在这座带有魔力的房子前，他甚至希望自己也能拥有这样的房子。他心里没有丝毫的嫉妒，也没有丝毫的悲伤，当然也绝不会像走在前面、穿着铠甲似的黑色外套的父亲那样总是带着莫名其妙的贪婪、忌恨和愤怒。兴许他也会感受到宅子的魅力。兴许打现在起，他说不定就能弃恶从善，不再像从前那样身不由己了。

　　他们穿过了门廊。这会儿，他听见了父亲僵硬的脚步声，那是最后一脚精准地落在地板上的声音。那声音与发出声音的身体显得很不搭调，而身前的那道白色大门也没有让父亲的身形显得更加矮小，好像身上的那股子狠劲与贪念已经让他渺小到了极致，任何东西都不会让他再变得更加渺小似的。他的头上戴着那顶扁平的宽边黑帽，身上穿着正式的绒面外套，曾经是黑色的外套眼下已经被磨得泛着绿光的，就像老房子里的一堆死苍蝇身上发出来的绿光，那太长的袖子被卷到了袖管上，那抬高的手臂就像是弯曲的兽爪。门很快被打开了，男孩心里清楚那个黑人可是一直在注视着他们。他是一位老头，脑袋上是齐整的花白头发，穿着亚麻上衣。他站在那儿用身体挡着门，说道："进门前把鞋擦一下，白人。上校现在不在家。"

　　"滚开，黑鬼。"父亲说，声音里同样没有怒气。他猛地一下把门推开，也把黑老头推开，随后就走进了屋子，连帽子也没脱下。

这会儿，男孩看到父亲的跛脚在门框上留下的脚印，那僵硬而机械的双脚走过后，在浅色的地毯上印出了清晰的痕迹，那脚步似乎承受了（或者输送了）双倍的身体重量。黑老头在他们的身后大声嚷嚷着："卢拉小姐！卢拉小姐!" 这会儿，男孩仿佛被淹没在一股暖流中——那铺着地毯的温馨的旋梯，那悬垂着的璀璨的枝形吊灯，那泛着亚光的镀金画框。随着喊声，男孩听到了轻快的脚步声，同时也看见了她——一位贵妇，兴许他以前从未见过这样的贵妇。只见她穿着一件柔滑的灰色长袍，领口绣着丝边，腰间围着围裙，袖子捋到了胳膊上。她走进大厅时，正用毛巾擦着手上做蛋糕或饼干时粘上的面粉。她的眼睛根本没有朝男孩的父亲看去，而是紧盯着浅色地毯上留下的那行脚印，那脸上带着疑惑不解和异常惊讶的表情。

"我尽力了。"黑老头喊道，"我跟他说要———"

"请你离开好吗？"她声音颤抖地说道，"德·西班上校不在家。请你离开这儿好吗？"

父亲一直没有说话，后来也没再说话。他甚至也没有看她一眼，只是直挺挺地站在地毯的中央，头上戴着那顶帽子，鹅卵石色的眼睛上面，两道铁灰色的浓眉微微地撇了几下，好像正在不紧不慢地查看着这幢宅子。然后，他同样不紧不慢地转过身。男孩看到父亲以那条健康的腿为支点，拖着那条跛腿在地毯上划了一圈，留下了最后一道长长的、若隐若现的污迹。父亲根本看不到污迹，也从来没有低头看过地毯，哪怕一次。黑老头把着大门。随着一声歇斯底里、隐隐约约的女人的哀号声，门在他们的身后关上了。父亲在台阶顶端停下脚步，就着台阶的边棱把靴子蹭干净。他在大门入口处又停下脚步。他站了一会儿，僵硬地支撑在那只跛脚上，回头看了看宅子。"又白又漂亮，对不？"他问，"那可是用血汗造出来的，用黑人的血汗造出来的。兴许房子还是不够白，配不上他。兴许他还想在房子里掺上一些白人的血汗。"

两个小时后，男孩在屋子的后面劈柴。母亲、姨妈，还有两个姐姐正在宅子里生火做饭——他心里清楚，是母亲和姨妈在干活，而不是那两个姐姐。甚至隔着这么远的距离，中间还隔着几堵墙，他也能听见两个姐姐干瘪的嚷嚷声，其中透露出来的是一种积习难改的散漫和慵懒。这会儿，他听到了一阵马蹄声，也看见了一匹上等的栗色母马，马上坐着一个身穿亚麻上衣的人。他在没有看到后面的黑人小伙子身前卷起的地毯时，就认出了他来。黑人小伙子骑着一匹肥壮的枣色坐骑跟在后面。前面的那人满脸怒气，一路骑马疾驰，转过房角后就消失了。父亲和哥哥正坐在房角的两把歪斜的椅子上。过了一会儿，他几乎还没有放下斧子，就又听到了马蹄声，只见那匹栗色母马从院子里折返，又一次飞奔而来。这会儿，父亲大喊着一个姐姐的名字，只见她倒退着从厨房的门口出现了，手里抓着那块卷起来的地毯，用力在地上拖着，另一个姐姐跟在后面。

"如果你不想拖地毯的话，那就过去把洗衣盆准备好。"走在前面的姐姐说。

"你去，萨蒂！"走在后面的姐姐喊道，"你去把洗衣盆准备好！"父亲的身影出现在门口。不管是置身这样简陋寒碜的场合，还是踏进那幢豪华精美的大宅子，父亲的心情似乎不受一丝一毫的影响，倒是他身旁的母亲带着满脸忧虑的神情。

"接着搬。"父亲说，"把毯子抬起来。"两个姐姐弯下了肥胖的身躯，一副无精打采的样子。她们弯腰时，身上的衣服就像是一块大得让人难以置信的白布，上面还飘着几根花哨的丝带。

"好不容易从法国搞来的地毯，如果真那么上心的话，就不会随便乱放，让人轻易就可以踩到的。"一个姐姐说。她们抬起了地毯。

"艾伯纳，"母亲说，"让我来吧。"

"你回去做饭，"父亲说，"不用你管。"

整个下午，男孩一边劈柴，一边看着她们。那块地毯平铺在地面上，旁边是冒着水泡的洗衣盆。两个姐姐弯着腰，一副无精打采、极不情愿的样子。父亲站到她们的身旁，板着脸，相当严苛地挨个儿督促着她们干活，不过倒没有大声吆喝过。男孩能闻到她们正在使用的土制碱液的味儿。他看见母亲曾到门口去看过她们，那脸上的表情不再是忧虑，更像是深深的绝望。他看到父亲转过身子。男孩抡起斧子时，眼睛的余光瞥见父亲从地上捡起一块扁扁的碎石，细细地查看了一番，随后又回到洗衣盆旁。这一次，母亲开口说话了："艾伯纳。艾伯纳。请你不要那样。求你了，艾伯纳。"

天黑了，他的柴也劈好了。夜鹰已经开始啼叫。他闻到了房间里飘出来的咖啡味，不一会儿，午后剩下来的冷饭就会成为他们的晚餐。不过，他走进屋子的时候，又闻到了煮咖啡的味儿，可能是因为炉子上的火还没有灭。火炉前，那块地毯平摊在两张椅子的靠背上。父亲的脚印被洗掉了，但原来弄脏的地方，却残留着长长的、水云状的痕迹，仿佛是小人国的割草机割出来的零星小道。

他们吃剩饭时，毯子还摊在那儿。随后大家都去睡觉了。两个房间里搭着几张床铺，杂乱地摆放着，也不分哪张是谁的床铺。母亲躺在一张床上，父亲晚些时候也会睡到那张床上；哥哥躺在另外一张床上；他自己、姨妈，还有两个姐姐，都睡在草垫子搭成的地铺上。不过，父亲还没有上床歇息。男孩睡觉前仍然记得自己看到的最后一眼：戴着帽子、穿着外套的父亲弯腰查看地毯时留下的干瘪、刻板的身影。在他看来，他似乎刚一合上双眼，父亲的身影就走到他的床边。父亲身后的炉火几乎灭了。那只僵硬的跛脚把他戳醒了。"把骡子牵过来。"父亲吩咐他。

他牵着骡子回来时，父亲正站在黑乎乎的大门前，肩上扛着那块卷起来的地毯。"你不骑上来吗？"他问。

"不骑。把你的脚伸过来。"

他单膝跪在父亲的手上，一股惊人的、强劲的力量在男孩的身上缓缓地流过，把他的身子托了起来。他随着这股力量跨到了光秃秃的骡背上——他们原来有个鞍。男孩虽然记得有过鞍，但是却记不清什么时候有过，在哪儿有过。父亲同样毫不费力地抬起地毯，把它放到了他的身前。现在趁着星光，他们又走上了下午走过的老路——沿着那条长满忍冬的土路，穿过大门，走过那条黑漆漆的车道，来到了没有灯光的大宅子前。他骑在骡背上，感到地毯粗糙的线头在大腿上划拉了几下，后来就消失了。

"你不需要我帮忙吗？"他小声问，父亲没有应声。这会儿，男孩又听到了父亲的跛脚踏在空荡荡的门廊上发出的声音。他的脚步依然是那么机械刻板，从容不迫，落脚的分量依然透着狠劲和夸张。男孩在黑暗中也能看清，那块地毯不是从父亲的肩膀上放下去的，而是被一股脑儿扔下去的。地毯撞到墙角和地板时，发出了一声难以置信的巨响，像打雷一样。随后又是不慌不忙、咚咚作响的脚步声。宅子里亮起了一盏灯。男孩紧张地坐在骡子上，呼吸虽然舒缓而平稳，但有点儿变快了。不过，那脚步根本没有加快速度，这会儿已走下了台阶。男孩这时能看见父亲了。

"你不想骑着骡子走吗？"他小声问，"现在我们俩都能骑了。"宅子里的灯现在变了，突然闪了一下就灭了。他正在下楼，他想。他已经把骡子骑到了上马的石墩边。不一会儿，父亲跟在了他的身后。他紧紧拉了一下缰绳，在骡脖子上抽了几下，不过在骡子还没有跑起来时，一只细瘦而有力的胳膊揽住了他的腰，另一只结满老茧、粗糙的手猛拉了一下缰绳，骡子又慢慢地走起来。

当太阳泛起第一缕红光的时候，他们来到了地里，把犁田用的工具套在骡子身上。这一次，他根本没有听到任何动静，栗色的母马就已来到了地里。骑马的人既没穿硬领的衬衣，也没有戴帽子，浑身颤抖，说话的声音颤巍巍的，就像宅子里的那个贵妇。父亲只是抬头看了他一次，然后弯下腰继续扣着车轭，因此骑着栗色母马的人只能对着他弯下的背说话了：

"你必须明白，你把地毯给糟蹋了。难道你们这儿没有人，也没有女人——"他停住话头，声音颤巍巍的。男孩看着他，哥哥靠在马厩的门框上，嘴里在嚼着什么，不紧不慢地嚼着，不停地眨着眼睛——显然也没有在看谁。"那地毯要值一百块钱呢。可是你从来就没有挣到过一百块钱，你一辈子也挣不到的，所以我打算让你赔二十蒲式耳①的玉米。我会把这一条加到契约中去。回头你去仓库，把字给签了。这样的话，虽然不能保证德·西班太太不发脾气，但兴许能让你记住，下次去她家时要把鞋子擦干净。"

说完话他就走了。男孩看着父亲，父亲仍然一言不发，甚至再也没有抬头。这会儿，他正在调整骡子身上的犁具。

"爸爸！"他叫道。父亲看着他——那是一张深不可测的脸，两道浓眉下一双灰色的眼睛，正闪烁着冰冷的目光。男孩突然朝父亲走去，速度很快，又猛地一下停下来。"你已经尽最大努力了！"他大声说，"如果他不想那样洗地毯的话，为什么不直接告诉你？二十蒲式耳的玉米不要给他！他什么也别想得到！我们收好玉米后，把它藏起来！我来看着玉米——"

"你有没有按我说的，把犁头放回到犁架子上？"

"没有，爸爸。"他说。

"那就放回去。"

---

① 蒲式耳，Bushel，计量单位，在美国约合 35 升。

那天是星期三。那一周接下来的时间里，男孩一直都在干活，做他该做的活儿，还有些不该他做的活儿。他活儿干得很认真，不需要别人逼着，甚至也不需要说第二遍，这都是从母亲那儿学来的。不同的是至少有一些活儿他是喜欢做的，比如用小斧头劈柴。这把斧头是母亲和姨妈用辛苦挣来的钱——也许是一点一滴省下来的钱，给他买的圣诞礼物。他和这两位女性长辈一起（一天下午，甚至还有他的一个姐姐）建了个猪圈和牛栏。这是父亲和地主所签的契约里的部分内容。有一天下午，父亲不在家，骑着骡子不知道去了什么地方。男孩来到地里干活。

他们用一把中型的铁犁耕地。哥哥稳稳地扶着犁把，男孩握着缰绳，跟在使劲拉犁的骡子旁边走着。一双赤脚走在翻出来的肥沃黑土上，感觉凉丝丝、湿漉漉的。他心里想着兴许事情就这样结束了。只是为了那么一块地毯，就得赔人家二十蒲式耳的玉米，真是赔不起啊；如果爸爸能永远收手，就此改变过去的做法，那也是挺划得来的。他就这么想着，想来想去就走神了，以至被哥哥厉声地教训了一顿，让他把骡子看好。兴许他连二十蒲式耳的玉米都收不了。兴许把所有的东西都加起来抵了账，最后闹得什么也没有——玉米、地毯、火；还有那恐惧和悲伤，就像被绑在两队马之间，被拉向了两个方向——什么都没有了，永远永远地没有了。

那天是星期六。他套骡子的时候抬头看了一眼，只见父亲穿上了那件黑色外套，戴起了那顶黑色的帽子。"别套犁了，"父亲说，"套上大车。"就这样，两个小时后，父亲和哥哥坐在驾车座上，他坐在车厢里，骡车拐过最后一个弯道后，他就看到了那家破旧的、没有漆过的杂货铺。杂货铺的外墙上贴着烟草和专利药品的破烂海报，走廊的外侧拴着骡车和套着鞍具的牲口。他跟在父亲和哥哥的身后，走上了破损的台阶。男孩又一次看到了一张张平静的、注视着他们的脸形成了一个夹道，他们三人从中间穿了过去。他看到一个戴着眼镜的人坐在那张木板桌的后面。不用别人告诉他，他就知道这人正是治安官。男孩朝一个穿着硬领、系着领带的人狠狠地瞪了一眼，眼神里满是得意、挑衅和蔑视。这个人到现在他只见过两次，当时还骑在飞跑着的马上。眼下这个人的表情不再是气愤，而是惊讶和难以置信。男孩可能还不知道，这个人觉得难以置信的是，他竟然被自家的佃户告上了法庭。男孩走了过来，紧挨着父亲站着，冲着法官大声喊道：

"他没有做！他没有烧———"

"回到车上去。"父亲说。

"烧？"法官问，"你是说地毯被烧了吗？"

"这儿有人说过地毯被烧了吗？"父亲说，"回到车上去。"可是男孩没有出去，他只是退到屋子的后面。屋子里像以前一样挤满了人。不过，这一次他没有坐下来，而是挤在静静地站着的人群中，听着法官问案：

"你觉得你毁了地毯，让你拿二十蒲式耳的玉米来赔太多了，是这样吗？"

"他把地毯送到我家里，让我把脏脚印给洗掉。我把脚印洗掉了，就把地毯给送回去了。"

"可是你送回来的毯子，跟没有弄脏前的毯子不一样了。"

父亲没有吱声。大概有半分钟的时间，屋子里鸦雀无声，只有呼吸声，以及人们专心致志旁听庭审时不时发出的微弱的叹息声。

"你不想为自己辩护吗，斯诺普斯先生？"父亲还是一声不吭。"证据可是对你不利啊，斯诺普斯先生。法庭认为，德·西班上校的地毯是你损坏的，你应当承担责任并给予赔偿。然而根据你的经济状况，要你赔二十蒲式耳玉米的要求似乎有点高了。德·西班上校认为地毯价值一百块钱，而十月份的玉米价格只有五毛钱左右。我想，如果德·西班上校能够承受九十五块钱的现金损失，你就能承受五块钱的还没到手的收入损失。我裁定，你给德·西班上校带来了损失，除了你和他的契约外，还要另外赔偿他十蒲式耳的玉米。到了收获季节，用你家的玉米赔偿他。闭庭！"

案子审得很快，上午才过了一半。男孩心里想着，他们该回家了，兴许该到地里干活了，因为其他佃户早就开始种地了，他们家已经晚了很多。可是父亲并没有急着上车，而是从车后走了过去，只是挥手示意让哥哥跟过来。他穿过马路，来到对面的铁匠铺，紧跟在父亲的身后，后来又走到父亲身前。那顶破旧的帽子下是一张冷峻而平静的脸。他冲着父亲轻声絮叨起来："不要给他十蒲式耳的玉米。他连一蒲式耳的玉米也别想得到。我们———"父亲低头瞥了他一眼，那张脸异常平静，两道灰色的眉毛在冰冷的眼睛上方纠结着，说话的声音是那么悦耳、柔和：

"你真是这样想的吗？好了，不管怎样，到十月份的时候再说吧。"

修理一下骡车也没有花太多的时间，只不过是换一两根车条，紧一紧轮胎而已。紧完轮胎后，骡车被赶到杂货店后面的水塘里，停在那儿，骡子不时把鼻子伸入水里，男孩拿着缰绳无所事事地坐在车上。他抬头朝土坡看去，看着那条漆黑小道通往铁匠铺，那儿传来了叮叮当当的铁锤声。父亲坐在一个立着的树墩子上，样子很轻松，一会儿说着话，一会儿听着什么。男孩把湿淋淋的骡车从水塘里拉出来，停到了铁匠铺的门口，父亲仍然坐在那儿。

"把车停到阴凉的地方去，把骡子拴在那儿。"父亲吩咐他。他照着做了，然后就回来了。父亲和铁匠还有一个人蹲着身子，正在屋里说着话，说着什么庄稼和牲口的事。男孩也蹲到那儿，闻到了一股氨臭味，那地上散落着锈蚀了的马蹄铁片。他听父亲不紧不慢地讲着那长长的以前的故事。那个时候哥哥还没有出生，父亲还是个职业马贩子。铁匠铺的另一面墙上贴着一张破烂的海报，那是马戏团去年表演时贴上去的。他走到海报前，那上面画着一匹匹枣红色的骏马，还有演员身穿薄纱和紧身衣摆出了惊人的造型和高空盘旋的姿势，浓妆重彩的喜剧演员正抛着媚眼。他默默无语、如醉如痴地凝视着，这会儿父亲来到他的身边，对他说："该吃饭了。"

不过，不是回家吃饭。他倚着临街的墙，蹲在哥哥的身旁。父亲从杂货店里走出来，从纸袋子里拿出一块奶酪，用小折刀小心翼翼地分成三份，然后又从纸袋子里拿出了饼干。三个人蹲在门廊外，慢慢地吃着，没有说话。他们随后又进了杂货铺，用铁皮做的长柄勺喝了几口温水，水里散发着杉木桶和山毛榉的青涩味儿。喝完后，他们仍然没有往回赶。这一次，他们来到了马场，那儿有一道高高的围栏，围栏边站着或坐着一些人，一匹又一匹的马从围栏中牵出来，人们先让这些马遛一遛、跑一跑，然后骑着马在马路上来来回回跑上几圈。买马卖马的交易就这样缓慢地进行着，太阳开始西下。他们——他们父子三人一边看着，一边听着。哥哥带着一双浑浊的双眼，不管走到哪儿都要慢慢地嚼着烟叶。父亲时不时地对某些牲口说长道短，但都是自言自语。

他们回到家时，太阳已经下山了。他们就着灯光吃了晚饭。饭后，男孩坐到门前的台阶上，看着浓浓的夜色笼罩了下来，听着夜鹰的啼声和青蛙的叫声。这会儿，他听到了母亲的声音："艾伯纳！不能这么做！不能啊！哦，上帝啊。哦，上帝啊。艾伯纳！"他站了起来，转过身，通过大门看到屋内的灯换了。一截点着了的蜡烛插在桌子上的瓶颈上。父亲仍然戴着那顶帽子，穿着那件外套，看起来正儿八经的，又有点滑稽可笑，好像故意打扮成这样就是为了一本正经地干什么龌龊的坏事。父亲把油灯里剩下的煤油全都倒进了五加仑的煤油桶里。母亲一直使劲拉着父亲的胳膊，父亲只好换另一只手提灯，然后用力把她甩开。那动作并不粗暴，也不凶狠，但母亲撞到了墙上，挥动双手才稳住了身子没有摔倒。她张口结舌地站在那儿，脸上透着绝望与灰心的神色，跟刚才说话时的语气一模一样。父亲看见了站在门口的男孩。

"你去一下大车棚，把那桶给骡车用的润滑油提过来。"他对男孩说。男孩站在那儿没动。这会儿他开口说话了。

"什么——"男孩大喊，"你打算———"

"去把那桶润滑油拿来，"父亲说，"快去。"

这时，男孩才动身离开。他从屋子里出来后，直奔马厩而去。看来父亲的老毛病又犯了，他的血脉又一次肆意偾张了；这古老的血脉可不是他自己选定的，那可是身不由己从祖上承续下来的；这血脉世世代代奔涌了很多年，眼下又在他的身上奔涌了起来——谁知道那是怎么传来的？到底是什么样的愤懑、野蛮和贪欲造就了这个血脉？我要一直跑下去，他心里想着。我就这样跑下去，一直跑下去，永远不回头了，再也不用看他的脸色了。可是我不能那样啊。我不能啊！眼下他手里提着生了锈的油桶，一路跑进了屋子，桶里的油哗哗哗地晃荡着。他听到母亲在隔壁房间里哭泣的声音。男孩把油桶递给父亲。

"你不找个黑鬼捎个话儿吗？"他喊，"你以前可总是先派个黑鬼捎话的。"

这一次他倒没有挨父亲的揍。父亲的手甚至比拳头来得还要快。那手极其小心地把桶放到桌子上，然后迅速地撤了回去，那动作真是太快了，他根本来不及反应。那手一下子抓住了他的后背，把他整个人都给提了起来，男孩甚至都没看清那只手怎么抓过来的。父亲俯身看着他，那眼神阴冷冷的，带着狠劲儿，瘆人得很。哥哥斜靠在桌子上，像反刍的牛一样不紧不慢地嚼着什么，那样子真是古怪得很。父亲隔着男孩对哥哥说话，那死板的声音冷冰冰的。

"把这个桶里的油全倒进大桶里，你先走。我随后就到。"

"最好把他绑到床架子上。"哥哥说。

"照我说的做。"父亲说。这会儿，男孩被拖着往前，衬衫被拧在了一起，那只瘦削而有力的手抓住了他的肩胛，他的脚趾头刚好能碰到地板。他们穿过房间，进了另一个房间。那两个姐姐叉开笨重的大腿，正坐在熄了火的炉子旁的椅子上。母亲和姨妈紧挨着坐在床上，姨妈的双手搂着母亲的肩膀。

"拽住他！"父亲发令。姨妈吓得哆嗦了一下。"不是你。"父亲说，"莱妮。揪住他别松手。我要看着你揪住他。"母亲一把抓住男孩的手腕。"你要紧紧揪住他不放。你不知道他要干什么吗？你要是让他挣开跑了，他会到那边去告密的。"他突然转过头，朝马路的方向看过去。"也许我还是应该把他绑起来。"

"我不会松手的。"母亲小声说。

"千万别松手。"随后，父亲就走了，那僵硬的脚步重重地踩在地板上，不紧不慢，直到最后消失了。

后来，他开始挣扎起来。母亲抓着他的两条胳膊，他使劲地拉扯着，扭动着。到最后总会挣脱开的，他心里明白。可是他没有时间挨到最后。"让我走！"他大声嚷着，"我可不想伤着你！"

"让他走吧！"姨妈说，"如果不让他走的话，我对主发誓，我会自个儿到那儿去告密！"

"你看不出我不能放他走吗？"母亲哭喊着，"萨蒂！萨蒂！不行了！不行了！快来帮帮我，莉齐！"

就这会儿工夫，他挣开了。姨妈想抓住他，但是来不及了。他转过身迅速跑了出去。母亲追他时，脚下绊了一下，双膝着地，只能朝离她最近的姐姐哭喊道："抓着他，奈特！快抓着他！"但是也来不及了。姐姐还没有从椅子上站起来，只是把头和脸先转了过来。他在飞跑的一瞬间，瞥见的是一张硕大无朋的年轻女性的脸。这张脸若无其事，没有半点惊慌失色，那表情更像是一头笨牛般木然迟钝。这两个姐姐是一对双胞胎，她们是在同一个时间里出生的。她们现在给人的感觉是，那体内积攒了大量脂肪，那块头、那分量，绝对一人抵得上家里的两个人。这会儿，他冲出了卧室，跑到了屋子的外面，来到了那条微尘泛起、洒满了星光的马路上。道路的两旁长满了葱茏茂密的忍冬。他一路奔跑着，感觉脚下的马路如同白色的丝带一样，展开得相当缓慢，最后好不容易来到了大门口。他一闪身跑进了大门，那心脏怦怦乱跳，那肺呼呼作响。他跑上了马车道，奔向了亮着灯光的屋子，亮着灯光的房间。他连门也没敲，就照直闯了进去，大口喘着粗气，有一会儿连话也说不出来。他看见了穿亚麻上衣的黑老头脸上惊讶的表情，却不知道黑老头是什么时候走出来的。

"德·西班！"他大声呼喊着，上气不接下气，"哪儿是——"这会儿，他也看到了那个白人，只见他从一道白色大门走出来，来到了大厅。"谷仓？"他大喊。"谷仓！"

"什么？"白人问，"谷仓？"

"是的！"男孩大喊，"谷仓！"

"抓住他！"白人大声说。

但这一次也太晚了。黑人抓住他的衬衫，但衬衫的袖子因为长年的洗刷而变得破旧不堪，一下子就被扯了下来。他一闪身跑出了大门，又跑到了马车道上。事实上，他可是一直都在奔跑着，甚至冲着那个白人大喊大叫时也没有停下脚步。

他听见那个白人在身后大喊："我的马！把我的马牵过来！"就在那一瞬间，他想到了从花园里抄近路，跨过栅栏就能赶到大路上，只不过他对花园里的路不熟，也不知道爬满葡萄藤的栅栏有多高，他可不敢随便冒险，所以只好沿着车道往前跑。他的血液在翻腾，呼吸在加速。不一会儿，他又回到了那条大路，虽然已经看不清路面了。他也听不到任何的声响，直到那匹飞奔的栗色母马几乎撞上他的时候，他才听到了马蹄声。即使在那会儿，他还是继续向前奔跑着，仿佛在这个紧要关口，他的巨大不幸和迫切需要，就能在刹那间使他插上翅膀一飞冲天的。他满心等待着，直到那最后一瞬间，他整个身体一股脑儿抛了出去，摔进了杂草丛生的水沟中。这个时候，那匹栗色马风驰电掣地从他身边掠过，向前飞奔而去，有那么一会儿，在星光的照耀下，在初夏宁静的夜空的衬托下，现出了一个愤怒的侧影。马与骑手的身影甚至还没有消失，如墨的夜色就已经突然而猛烈地向上扩散开来，并发出了一声长长的、回旋般的轰鸣声，真是不可思议，随后又悄无声息，最终染黑了整个星空。他迅速地爬起来，又回到马路上，重新奔跑起来，虽然心里明白已经来不及了，但还是拼命地奔跑着，甚至在听到一声枪响后也未停下。过了一会儿，他又听见了两声枪响，这时才停下脚步，却没有意识到自己已经停下了脚步。他大声哭喊着"爸爸！爸爸！"，又继续往前奔跑着，也没有意识到自己又开始奔跑了。他一路上踉踉跄跄的，却不知道绊到了什么东西，跌跌撞撞、双手乱舞地向前奔跑着。他扭头看见了身后的那道火光。他在漆黑一团的树林中继续奔跑着，气喘吁吁，一路哭喊着"爸爸！爸爸！"

午夜时分，他坐在了山顶上。他不知道已经是午夜了，也不知道究竟跑了多远。不过现在身后已经没有了火光。他坐在那儿，背对着四天里他称之为"家"的地方，正前方则是一片黑沉沉的树林。只要缓过劲来不再喘气了，男孩就会钻进这片树林。弱小的身子在阴冷与黑暗中不停地颤抖着，他用被撕烂了的薄薄的衬衫裹紧了身子。此时此刻，他内心充满了悲伤和绝望，但不再是恐惧和害怕了，仅仅只是悲伤和绝望而已。父亲，我的父亲，他心里想着。"他真勇敢！"

他突然叫了起来，但声音不大，仅仅是一声低语，"他真勇敢！他打过仗！他可是萨多里斯上校的骑兵！"男孩自己却不知道，他的父亲当年上战场去打仗，按照欧洲人严格而古老的定义来讲，只不过是一名普通军人而已，而且是不穿军装的，不听命于也不效忠于任何一个人、任何一支军队或任何一个政府。他上战场去打仗就像马尔伯勒公爵①那样纯粹是冲着战利品去的——至于战利品是从敌人那儿缴来的，还是从自家部队搞来的，对他而言都无关紧要，或者说，他根本就不在乎。

满天的星斗如同车轮一般缓慢地移动着。天快亮了，不一会儿，太阳就该升起来了。他也该饿了。但那可是明天的事儿，眼下他只是感到浑身发冷，走一走兴许能暖和起来。眼下呼吸顺畅多了，他决定起身，继续往前走。这时，他发现自己似乎睡过一觉了，因为他知道夜晚马上就要结束，天差不多就要亮了——从夜鹰的叫声中也能分辨出来。脚下黑漆漆的树林中，到处都是夜鹰，那婉转的啼叫声连绵不绝地传过来。这么一来，随着昼鸟登场的时间越来越近，黑夜和白昼之间的鸟声从来没有间断过。他站起来，身子有点僵硬，但正如能暖和身子一样，走路也能让腿变得柔软。很快太阳就会出来的。他沿着下山的路走去，朝着黑压压的树林走去，树林里不断传来鸟儿清脆、银铃似的歌声——晚春的夜晚，一颗急切飘荡的心在快速、急切地跳动。他没有回头。

---

① 马尔伯勒公爵（The Duke of Marlborough，1650—1722年），英国历史上最伟大的军事统帅之一，原名约翰·丘吉尔，世界大战中的英国领导人丘吉尔是其后代。

沃什的怒火

萨德本俯身站在床铺边，上面躺着那对母婴。清晨的阳光穿过干瘪墙板上的缝隙照了进来，像是用铅笔划出来的长条印记，被他分立的双腿和手中的马鞭截断，摔落在母亲静卧不动的身体上。那位母亲抬头看着他，眼睛里带着安详、阴沉和看不透的神色。婴儿躺在她的腋下，身上裹着一块有点脏但还算干净的粗布。在他们的身后，一个老迈的女黑奴蹲在简陋的火炉旁，炉子里的炭火烧得不旺。

　　"唉，米莉，"萨德本说，"只可惜你不是一头母马，要不然我就能在马房里给你找个像样的地儿。"

　　床铺上的那女孩没有动弹，她始终面无表情地看着他。她有一张年轻、阴沉、看不透的脸。因为刚刚生完孩子，脸色仍然很苍白。萨德本挪了挪身子，破碎了的光线便照到了一张六十岁男人的脸上。他对蹲着的黑人女仆平静地说道："格丽塞尔达今天下崽儿了。"

　　"公的还是母的？"女黑奴问。

　　"公的，那小马驹可真棒……这边呢？"他抬起鞭子指着床铺问。

　　"这边可是个母的，主人。"

　　"嘿，"萨德本说，"那小马驹可真棒！以后肯定长得跟骏马罗伯·罗伊一样。1861年，我可是骑着它去北方打仗的。你还记得吗？"

"记得，主人。"

"嘿。"萨德本回头朝床铺上瞥了一眼。那个女孩是不是还在看他，倒也说不清楚。他又拿起鞭子指了指床："她们需要什么，只要我们有，就尽量帮助她们。"说完后，他就走了出去。他穿过高低不平的门廊，下了台阶，走进了杂乱的草丛中——门廊的角落里，斜靠着一把生了锈的镰刀，那是三个月前沃什管他借来割草用的。他的坐骑等在那儿，沃什手里正牵着马的缰绳。

当年，萨德本上校骑马同北方佬打仗的时候，沃什并没有跟去。"我得给上校看家呀，替他管着黑鬼。"不管谁问，他都会这么回答；有的人不问，他也会这么说。他长得瘦条条的，得过疟疾，一双眼睛黯淡无光，还透着狐疑不定的神色。尽管大家都知道他有个女儿，而且外孙女也有八岁了，但他看上去只有三十五岁左右。大多数人都知道他说的可不是实话。那些没去打仗的十八岁到五十岁的男子都听他说过，有的人认为沃什自己都信以为真了。不过，这些人甚至觉得他还是有点脑子的，所以也没有人把他的话拿到萨德本夫人或萨德本家的黑奴那儿去对证。他们说，他们没有去核实，是因为大家心里太清楚究竟是怎么回事，也许只是懒得去核对。大家知道，他和萨德本庄园的唯一联系就在于：这么多年来，萨德本上校允许他蜗居在一个残破的小棚子里。小棚子就在萨德本地界上那座河谷的沼泽旁，那是萨德本当年单身时搭的一个钓鱼棚，后来不用了就坍塌在地荒废了。眼下，它看起来就像是一头又老又病的野兽，正奄奄一息地趴在地上喝水。

萨德本的黑奴们听到他的话后，都笑了。他们嘲笑沃什可不是第一次了。他们在背地里管他叫"白色垃圾"。到沼泽和旧鱼棚那儿有一条小路，黑奴们路上碰见他，就要围着他问："白人，你怎么没去打仗呀？"

这个时候，他会停下来，一一打量着那些带着冷嘲热讽的黑脸、白眼珠和白牙齿。"我有个女儿，我得养家糊口，"他说，"别挡我的道，黑鬼。"

"黑鬼？"他们重复着，"黑鬼？"他们大笑起来，"他是谁啊，管我们叫黑鬼？"

"可不是嘛，"他说，"我要是去打仗了，就没有黑鬼来服侍白人了。"

"你除了那个旧棚子，还有什么呀？这种破地方，上校可不会让我们住进去的。"

这时，沃什就会对着他们破口大骂起来。有时候，他还会从地上抄起一根棍子，朝他们冲过去。黑人们会一哄而散，可仍然在四下里纵声大笑着。那笑声带着嘲讽，躲避不了，又逃无可逃，弄得他气急败坏，怒火中烧，可是又无可奈何。曾经有那么一回吧，这样的事就在大宅子的后院里发生了。当时，田纳西山脉和维克斯堡那边传来了坏消息，说谢尔曼路过种植园的时候，那里的黑奴大都跟着他的部队跑了。联邦军队来过后，几乎所有的东西都一起没了。萨德本太太给沃什捎了个口信，让他把后院凉亭里那些熟透了的斯卡珀农葡萄摘走。这次跟他过不去的是一位女黑奴——当时还有好几个黑奴留下来没走，她就是一个。这一次，那位女黑奴先是自行退到厨房的台阶上，然后才转过身来冲着他吆喝："站在那儿别动，白人。就站在那儿别动。上校在家那会儿，可从来没让你越过台阶一步的，现在也不行。"

这倒是实情。就这件事来说，他心里可是有点儿引以为傲的。他从来都没想过要到大宅子里去。他觉得自己要是真的去了，萨德本保准会待见他的，更不会不允许。"我可不能让一个黑鬼对着我指手画脚，说这儿不能去，那儿也不能去。"他自言自语道，"我也不能让上校因为我的事去臭骂一个黑鬼。"有那么几个星期天，大宅子里人迹难寻的时候，他和萨德本还在一起度过不止一个下午呢。尽管他心里清楚，那是因为萨德本正好无事可做，忍受不了一个人独处。实际的情况只是这样而已：他们俩不过是在凉亭的葡萄架下待上一个下

131

午，萨德本躺在吊床上，沃什蹲在柱子旁，两个人的中间还隔着一桶水，你一口我一口地喝着那同一个酒壶里的酒。放在平时吧，沃什也能看到主人骑着那匹黑色骏马在种植园里纵马飞奔的潇洒身影。他们俩的岁数可是一般大小的，几乎是在同一天出生的——可萨德本的儿子还在上学的时候，沃什就已经做了外公了。也许就是因为这个，谁也没有想到过这两人是同岁的。沃什看到萨德本骑马奔驰的那一刻，心底里是平静的，又是骄傲的。沃什觉得，那《圣经》里说了，上帝创造的黑人是要遭受诅咒的，可这些像动物一样的黑人，本应该只是白种人的奴仆而已，却活得比他和他的家人还要好，住得好，穿得也很好，总是回荡着黑鬼们的嘲笑声的世界，只不过是一个梦罢了。而他内心崇拜的偶像骑着黑色的纯种马纵横驰骋的世界，那才是一个真真切切的现实世界。他觉得《圣经》里还说过，人可都是按照上帝的形象创造出来的，在上帝的眼里，人与人之间的形象可没有什么不同。因此，他也可以这么说——也算是在说自己吧——"真不愧是一个优秀而骄傲的人。假如上帝降临人间纵马驰骋的话，祂也会是这个样子的。"

1865年，萨德本骑着那匹黑马回家了。他似乎一下子老了十岁。他妻子去世的那年冬天，他的儿子也阵亡了。他怀里揣着李将军亲手颁发的勇士嘉奖令，回到了破败不堪的种植园。有那么一年的光景，他的女儿还时不时得到那个住在破鱼棚里的人的一些寒酸接济。十五年前，他允许那个人住进了鱼棚，到他回家那会儿，早把那个人给忘得一干二净了。去接他的时候，沃什那样子可是一点儿都没变，还是那么瘦条条的，看不出岁数的大小，那眼神照旧苍白无力，带着疑问，那神态怯生生的，有那么一点儿顺从，也有那么一点儿亲近。"上校，"沃什说，"他们杀了我们的人，但是并没有把我们打败，对吧？"

在接下来的五年中，他们就是用这样的主调交谈的。眼下，他们俩喝的可都是装在瓷水壶里的劣质威士忌酒。他们已不在斯卡珀农葡萄架那儿喝酒了。萨德本在公路边上新开了一家小店，他们就在小店的后院里喝酒。这个小店只是一间支起很多搁板的屋子，萨德本雇了沃什卖卖货，看看门。他向黑人和像沃什这样的穷白人，卖点煤油、吃食、糖果、廉价的珠子和丝带什么的。这些人走路或是骑着枯瘦的骡子来到小店，为了一毛钱或几分钱，跟这个曾在自家富饶的土地上纵横驰骋；曾在战场上身先士卒冲锋陷阵的人，讨价还价——那匹黑色骏马眼下还活着，它可是主人的宝贝，住的马厩比主人的住所还要好呢。这些人没完没了，直到萨德本勃然大怒，把他们全都赶了出去，关上店门，从里面上了锁，然后就和沃什到后院里喝酒去了。不过，他们俩的谈话不再风平浪静。放在过去，萨德本躺在吊床上，目中无人地自言自语着，而沃什就蹲在柱子旁开心大笑。可眼下他们俩都端坐着，尽管萨德本坐在唯一的椅子上，而沃什坐在随手拿到的箱子或小桶上。即使这样，他们也只是坐那么一小会儿，因为过不了多久，萨德本就会暴跳如雷，无法自制地站起来，摇摇晃晃地向前猛冲，大声嚷嚷着要单枪匹马赶往华盛顿，去杀林肯（已经死了），去杀谢尔曼（已经是平民了）。"杀了他们！"他大叫着，"像狗一样杀了他们！"

"好啦，上校。好啦，上校。"沃什一边说着，一边扶住快要倒下的萨德本。这时，他会强行拦住路过的马车。要是没有的话，他就走上一里路，向最近的邻居借一辆马车回来，然后把萨德本送回家。眼下，他可以走进主人的大宅子了——他这么做已经很久了。沃什用借来的马车送萨德本回家，轻声细语地哄着萨德本上马，仿佛他自己就是一匹马或一匹种马似的。萨德本的女儿开门让他们进屋，但是一句话也不说。他会架起沉重的萨德本穿过曾经是白色的正门。正门拱顶上的楣窗玻璃都是从欧洲进口来的，缺了玻璃的地方眼下被钉上了一块木板。他们走过一条磨光了的天鹅绒地毯，来到主楼梯。可如今的楼梯看上去就像是色衰的幽灵，两边的扶手掉了漆，光秃秃的木板通向了卧室。这时候，已经是黄昏了。沃什把萨德本放到床上，帮他脱掉衣服，然后静静地坐到旁边的椅子上。过了一会儿，萨德本女儿就会来到门口看上一眼。这时，沃什会告诉她："没什么要紧的。别担心，朱迪丝小姐。"

天慢慢地黑了下来。过不了多久，沃什就会躺到床边的地板上，但他并没有睡觉，因为午夜前，床上的人会时不时翻一下身，呻吟着，嘴里叫唤着："沃什？"

"我在这儿呢，上校。你接着睡吧。我们没被人打败，是吧？你和我还能再打一仗呢。"

就在那段时间，沃什看到了外孙女扎在腰间的那条丝带。她现在十五岁了，已经是大姑娘，可也不算是早熟。他知道这条丝带是从哪儿来的——过去的三年中，他每天都能看见这样的丝带，即使她对自己撒谎也没有用。可是她并没有撒谎，倒是很大胆，一副闷闷不乐、忧心忡忡的样子。"好啦，"他说，"如果上校愿意送给你，我想怎么着你也得谢谢人家。"

甚至他看到那条裙子时，他的内心还是很平静的。她对他说，这条裙子是萨德本的女儿朱迪丝小姐帮忙做的，说得遮遮掩掩，那神情既有违逆，又很害怕。那天下午，他关上店门，跟随萨德本去后院的时候，他的脸很阴沉。

"把酒壶拿来。"萨德本命令道。

"等一下。"沃什说，"待会儿。"

萨德本也没有否认裙子的事。他问："怎么了？"

沃什迎着他傲慢的目光看去。他平静地说道："我认识你二十年了。你让我做什么，我从来都没有拒绝过。我都快六十岁了，可她才是个十五岁的小姑娘。"

"你是说我会伤害一个小姑娘？难不成我这样的人会跟你一样老吗？"

"要是换成别人，我会说他跟我一样老。不管老还是不老，你送给她裙子，或别的什么东西，我是不会让她收下的。按理说，你可是个与众不同的人。"

"有什么不同？"沃什只是看着他，那眼神黯淡无力，满是疑惑和阴郁。"说起来，你就因为这个怕我了？"

沃什的眼神不再疑惑了，而是变得平静和安详了。"我不是怕你，而是觉得你很勇敢。你的勇敢可不是什么一时之勇，也不是李将军给你的一纸文书就能证明的。你的勇敢很自然，就像你活着一样，就像你在呼吸一样。这就是你身上与众不同的地方，它不需要什么文书来证明。我心里清楚，不管什么事——一个团的人，一个不懂事的小姑娘，哪怕是一条猎狗，你都能处理好的。"

这次是萨德本把目光移开了，头突然转过去了，样子很粗暴。"把酒壶拿来。"他厉声说道。

"是，上校。"沃什应答。

就这么着，两年过去了。那是一个星期天的拂晓时分，沃什走了三里路找来的黑人接产婆进了那扇快要倒塌的大门，他的外孙女正躺着屋子里大声哀号着。他把这一切都看在了眼里，虽然很是关切，但内心仍然是平静的。他心里清楚别人是怎么说三道四的。住在棚户区的那帮黑鬼，整日里在商店里逛荡的那些白人，都在默默地注视着他们仨——萨德本、他，还有他的外孙女——就像是观看舞台上进进出出的三个戏子。外孙女的体型一天比一天大了，那样子既畏畏缩缩，又是那么不知羞耻，满不在乎。"我清楚他们背地里是怎么说的。"他心里想着，"他们说的话，我甚至都听到了，说什么'沃什最后还是搞定了萨德本，尽管用了二十年的时候，可最后还是搞定了。'"

再过一会儿，天就要亮了，可现在还没有亮。屋子里暗淡的灯光从扭曲的门洞里照出来，外孙女的哭声富有节奏地传了过来，就像是上了发条的钟一样。这个时候，他的思绪缓慢而又强烈地涌动起来，虽然模模糊糊，却是与急促的马蹄声纠缠在一起。直到脑海中现出一个身形潇洒、神色傲慢的男人骑着一匹骏马飞驰而过的形象时，那思绪才突然自由地飞扬起来。那模糊的思绪挣脱了束缚，变得相当清晰，不是自我辩解，甚至也不是在解释着什么，而是膜拜着那个偶像，那个孤独而不可言说的偶像，一切凡人都无法亵渎的偶像。"那些北方佬们害死了他的儿子和老婆，抢走了他的黑奴，毁掉了他的土地。和他们比起来，他可真了不起啊！他为这片糟糕的国土打仗，到头来却只能无奈地开个小店维持生计。与这个鬼地方比起来，他可真了不起啊！他现在的无奈，就好比是《圣经》中的那只苦杯举到了嘴唇边。面对这样的无奈，他可真了不起！可是这二十年来，我和他的交往那么密切，怎么就一点没有被他感化，被他改变呢？也许，我不像他那样伟大，也许，我也没有像他那样骑马奔驰过。可说起来，我和他的命运是息息相关的呀。我们俩还是可以共事的，如果真是这样，他想让我干什么，我都愿意去做的。"

天亮了。突然间，沃什能看见大宅子了。门房里的那个女黑奴正在看着他。这时沃什才意识到他的外孙女的喊叫声停了。"生了个女娃，"女黑奴说，"你要是愿意的话，可以去告诉他。"她又走回宅子。

"生了个女娃！"他重复着，一副惊讶的样子，"生了个女娃！"沃什好像听到了奔驰的马蹄声，又看到了那个纵马驰骋的骄傲的身影，似乎看着那个身影从眼前疾驰而过，就像是在风风雨雨的岁月和时间中化身为下界的神灵，已到了它的顶点。它的头顶上方挥舞着的军刀，和一面布满弹孔的旗帜，正从硫黄色的空中奔腾而下，声若惊雷。沃什平生第一次想到了萨德本只不过是个和他一样的老头。"生了个女娃！"他在愕然中想着。这时，因为想到了新生的婴儿，他的思绪里又平添了几分惊喜。"是啊，先生。说起来，我毕竟也做了曾外祖父了。"

他走进了宅子。他踮起脚尖笨拙地挪着步子，好像自己已不住在这儿了，好像这个呱呱坠地的新生婴儿夺走了他的权利，尽管这个婴儿也是与他血脉相连的。他站在床边看过去，外孙女那张精疲力竭的脸显得模糊不清。这时，蹲在炉火边的女黑奴说："你最好告诉主人，如果你愿意的话。现在天已经亮了。"

不过，这已经没有什么必要了。他穿过门廊，刚刚转过拐角——那儿放着一把镰刀，这是他三个月前借来清理杂草用的——就碰到萨德本骑着那匹老马出现了。他并不想知道萨德本是怎么得到消息的。他想当然地认为，萨德本在星期天的一大早出门，就是因为这件事了。萨德本下马的时候，沃什站在那儿。他从萨德本的手里接过缰绳，枯瘦的脸上显得有些木讷，却带着一丝令人生厌的欣快。他说："生了个女娃，上校。不管怎么说，你可是和我一样老了——"萨德本从他身旁走过，进了宅子。他站在那儿，手里拿着缰绳，听见萨德本走过地板，来到床边。他听见萨德本说的话后，心里面突然咯噔了一下。

这会儿，太阳已经升起来了。这是密西西比地区急速蹿腾的旭日。他觉得自己好像站在了一片陌生的天空下，置身在一个陌生的场景中，那些熟悉的事物都是在无数的梦中出现的，这些梦就像是一个从没爬过山的人所做的梦一样。"我是不可能把幻听到的东西当作是真实的东西。"他平静地想着，"我知道这是不可能的。"可是，说那些话的声音是那么熟悉。这个声音还在继续说着，眼下正和那个女黑奴说着今早产下的小马驹。"就是因为这个他才起得那么早的。"他心里想着，"就是这个原因，不是因为我，也不是因为我的外孙女。他起得这么早，更不可能是因为他自己的亲骨肉。"

萨德本走出屋子，下了台阶，踏入草丛，那步伐沉重而从容——他年轻时的步子可是匆忙急促的。他还没有正眼看过沃什，说："黛西会待在那儿照顾她的。你最好……"这会儿，他似乎看见沃什正面对着他，并停下脚步。"怎么了？"萨德本问。

"你刚才说……"沃什听到了自己干瘪的、鸭子一般的声音，就像是一个聋子在说话。"你刚才说，如果她是头母马的话，你就能在马厩里给她找个像样的地儿。"

"嗯？"萨德本支应着。沃什朝他冲过来，腰有点弯，他的双眼睁大了，然后又眯起来，就像一双拳头松开后又攥起来。就在这一瞬间，萨德本一下子惊呆了，直愣愣地看着这个他认识了二十年的人，这个事事听命于他的人，自己对他的了解还不如对自己的坐骑了解得多。他眯起来的双眼又一次睁大了。他没有移动脚步，身子却猛地向后挺直了。"往后退！"萨德本厉声喝道，"你别碰我！"

"我就是要碰一碰你，上校。"沃什一边用干瘪、平静甚至是温和的声音说着，一边向他冲过去。

萨德本举起手中的马鞭。女黑奴隔着摇摇欲坠的门偷看着，带着一张丑陋难看的黑脸，就像是憔悴的侏儒似的。"往后退，沃什！"萨德本呵斥道。就在这时，他用鞭子猛抽了一下。女黑奴一跃而起，跳进了草丛，就像一只矫健的山羊逃走了。萨德本又朝沃什的脸抽过去，沃什被抽得跪了下来。他站起来又一次朝萨德本冲过去时，手里拿着三个月前向萨德本借来的那把镰刀，而萨德本再也用不着它了。

沃什再次走进房子时，他的外孙女在床上动了一下身子，烦躁不安地骂他："刚才是怎么回事？"

"你说什么，亲爱的？"

"刚才外面的吵架声。"

"没什么。"他轻声说，又跪了下来，笨拙地摸着她有点发烫的额头。"你想吃点东西吗？"

"我想喝水。"她的声音里带着怨气，"我躺在这儿，早就想喝水了，可是都没人理我，没人关心我。"

"现在别说话。"沃什安慰着她。他僵硬地站起来，端来一瓢水，扶着她喝完，又帮她躺了回去，只见她把一张毫无表情的脸转向婴儿。过了一会儿,外孙女悄悄地哭了起来。"好了,好了。"他说,"换作是我,我是不会哭的。老黛西说这可是个漂亮的女娃。没什么要紧的,一切都过去啦。现在可没啥好哭的了。"

可是她依然在默默抽泣,情绪相当低沉。沃什起身站了起来,在床边忐忑不安地俯瞰了一会儿,那思绪与当年看着临产后的妻子、女儿时一样。"女人啊,实在是难以捉摸了。她们似乎渴望孩子,可是有了孩子后,却又要流泪哭泣。实在是难以捉摸。男人真是搞不懂她们。"他从床边离开,拿了把椅子,在窗前坐了下来。

在漫长、明亮和阳光灿烂的整个上午,他一直坐在窗户边等待着,时不时站起来,踮着脚尖走到床边。外孙女这时已睡着了,她的怀里搂着孩子,表情看上去黯淡、平静而又疲惫。沃什随后又回到椅子那儿坐下来,等待着,心里想着为什么这么久了他们还不来,后来猛然想起今天是星期天。午后时分,他仍然坐在那儿。有一个半大的白人男孩走到墙角,看见了尸体,没忍住大叫了一声。他抬起头,朝窗户里的沃什干瞪着双眼,有那么一会儿好像被催眠了似的,随后转身逃走了。这时,沃什又站了起来,踮起脚尖来到床边。

他的外孙女现在醒了,也许是在梦中被那个男孩的叫声给惊醒了。"米莉,"他问,"你饿吗?"她没有应答,把脸转了过去。

他在灶台上生起了火,热着昨天带回家的食物——一块里脊肉和冷玉米饼。他把水倒进旧咖啡壶里,放到炉灶上烧了起来。盘子端了过去,她却不肯吃,于是他自己吃起来,一个人默默地吃完,然后把盘子放回去又回到窗前。

这会儿,他意识到也感觉到了,那些人正骑着马,带着枪和猎狗聚拢了起来。这些爱管闲事、睚眦必报的人跟萨德本可都是一路货色。沃什还不能走进大宅子,最多只能待在斯卡珀农葡萄藤下的时候,这群人就已经围坐在萨德本的餐桌旁,教那些年龄更小的人如何在战场上打仗。兴许，他们也得到过将军们亲手签署过的文书，嘉奖他们是天下一等一的勇士，也曾在往昔岁月中傲慢自大地骑着骏马奔驰在美丽的种植园中；他们既让人敬慕和充满希望，也给人带来绝望和悲伤。

这些人原以为他会溜之大吉，可是沃什觉得溜之大吉与无处可逃不过是一回事。如果逃走了，也只是从一帮自高自大的恶主们逃向另一帮恶主们那儿。就他所知，世界上的这类人可都是一路货色，差不了多少。更何况他早已老了，即使想逃也逃不动了。不管怎么逃，逃多远，都是永远没法摆脱的，再说一个快六十岁的老头子也逃不了多远，也逃不出这些人所生活的世界——这个由他们发号施令、定下生存规则的世界。五年来，他似乎第一次明白了北方佬或别的军队是怎么打败他们——这些英武、骄傲、勇敢的人，这些公认被上帝眷顾的人，这些体现了勇气、荣誉和骄傲品质的人——的了。要是当年能和他们一起上战场打仗的话，他就能更早地看透他们。可是话又说回来了，如果很早就看透了他们，他该如何面对自己此后的生活呢？在漫长的五年中，老是忘不掉过去发生的事情，他又如何忍受得了呢？

太阳渐渐下山了。婴儿一直在啼哭。他朝床边走去，只见外孙女正在给孩子喂奶，脸上仍然透着呆滞与阴郁的神情，令人捉摸不透。"你饿了吗？"他问。

"我不想吃东西。"

"你应该吃点。"

这次她根本没回答，而是低头看着孩子。他回到椅子那儿，发现太阳已经下山了。"时间不会太久的。"他心里想着。他能感受到那群爱管闲事、有仇必报的人已经离得很近了，似乎能听见他们正你一言我一语地议论着，那愤怒的声音背后有一股人云亦云的暗流：老沃什·琼斯终于栽跟头了，他本以为找到了萨德本当靠山，但是却被萨德本给愚弄了，他本以为搞定了上校，让上校娶了那女孩，要不就给他一笔钱，可是萨德本拒绝了。"我可从来没这么想过啊,上校!"沃什突然嚷出声来,被自己的声音吓了一跳。他匆忙往身后看过去,只见外孙女正盯着自己。

"你在和谁说话呢?"她问。

"没和谁。刚才在想事儿,不知不觉就把话说出来了。"

她的脸又变得模糊不清,被暮色蒙上了一层幽暗的阴影。"我想也是,要是你的嚷嚷声再大些,他就能听见你了。他可是在房子的那一头。我觉得你要是想让他到这儿来,光是大声嚷嚷是不管用的。"

"你别说话了。"他说,"没啥好担心的。"可是他又不由自主地想开了。"我可从来没有这么想过,你是知道的。我可从来没想过要占别人的便宜,从别人那儿得到什么,也从来没有想要占你的便宜,想从你那儿得到什么。我觉得根本用不着那样,我说过,根本用不着。像我沃什·琼斯这样的家伙怎么可能去怀疑、质问你这样的人呢?"他心里想着,"李将军亲自签署的嘉奖令上可是把他称作勇士。勇士?要是1865年他们都没回来,那该多好呀;要是他这种人和我这种人从来不存在过,那该多好呀;要是我们这些未死的人都让大风给刮走,而不是让沃什·琼斯眼睁睁看着自己的生活被他碾碎,然后像一片干瘪的豆荚一样被扔进火中慢慢烧掉,那该多好呀。"

他止住了思绪,身子一动不动。他突然听到了清晰的马蹄声传来。不一会儿,他看见了那盏灯笼和一群跑动的人们,晃动的枪管闪着亮光。可他还是没有动。眼下天已经很黑了,他们把房子围起来的时候,他听见灌木丛那儿传来窸窸窣窣的声音。那盏灯笼被举了起来,亮光照在草丛里的尸体上,然后停住了。这些人骑着的高头大马投下了一片片的阴影。有一个人下了马,就着灯笼的亮光俯身查看着那具尸体。只见他手里拿着一把手枪,直起身子,转向了房子。"琼斯!"他叫着。

"我在这儿,"沃什从窗口平静地回应,"上校,是你吗?"

"出来!"

"嘘，"他平静地说道，"我只是想看看我的外孙女。"

　　"我们会照看她的。你出来吧。"

　　"嘘，上校。就一会儿。"

　　"开个灯。把灯打开"

　　"嘘，就一会儿。"他们能听到他的声音退回到房子里去了，不过却没有看见他移动的身影。他快速走到开了裂缝的烟囱旁——在那儿藏着一把杀猪刀。那刀被磨得像剃刀一样锋利，这可是他邋遢的生活中值得骄傲的一个物件。他走到了床边。

　　"外面是谁呀？把灯打开，外公。"外孙女问。

　　"不需要亮光了，亲爱的。一会儿就结束了。"他一边说着，一边跪了下来。他朝外孙女那儿摸了过去，低声问道："你在哪儿？"

　　"我就在这儿。"她焦急地回答，"我能在哪儿呢？你是……"他用手抚摸着她的脸。"我是……外公！外……"

　　"琼斯！"警长大喊，"你快出来！"

　　"就一会儿，上校。"他支应着站了起来，迅速移动着。即使是黑暗中，他也清楚煤油桶放在哪儿，清楚桶里装满了煤油。就在两天前，他在小店里给桶里加满了煤油，就放在了那儿，后来才骑马带回家，因为五加仑的煤油很重。火炉里还有木炭，此外，这座摇摇欲坠的宅子可是见火就着。木炭、火炉和墙壁在爆炸中腾起了一团蓝色的火焰。火光中，等在外面的那些人看见他正举着那把镰刀朝他们疯狂地冲来，惊得他们的坐骑连连倒退、打转。他们赶紧勒住缰绳，朝火光的方向掉转马头。就在惊魂未定中，那个枯瘦的黑影举着镰刀继续向他们冲过来。

　　"琼斯！"警长大叫，"站住！站住，要不我就开枪了。琼斯！琼斯！"可是那个枯瘦如柴、发了狂的身影继续冲过来，他的身后是耀眼夺目的熊熊大火。他高举着镰刀，奋力朝他们劈过去，朝怒目圆睁的坐骑劈过去，朝熠熠闪光的枪管劈过去，没有任何喊叫，也没有一丝声响。

荒野老熊

那年他十岁。可是故事早就开始了，早在那天之前就开始了。当时，他终于用两个数字写下了自己的年龄，而且第一次看到了那块宿营地。每年的六月和十一月，父亲、德·西班上校、康普森老将军和其他人都要在营地里住上两个星期。尽管还没有见过那头巨熊，但他早已领教过它那只毁于机关陷阱的后掌。在一个方圆一百英里的地区，这头熊早已赢得了巨大的名声，像活着的人一样拥有一个响亮的名号。

　　这头熊的故事他已经听了很多年了。那数不胜数的传奇：储藏玉米的仓库被糟蹋，一窝窝大小猪仔甚至小牛被拖进林子里吃掉，陷阱机关被踏平或毁坏，猎狗被撕碎和屠戮，猎枪甚至步枪在近距离射击竟像顽童从管子里吹出来很多豌豆一样毫不顶用——传奇早在他出生前就已经开始。那是一条遍布废墟与毁灭的长廊，毛蓬蓬的巨大身躯从中冲过，虽然速度不快，但是却像火车头一般无情推进，难以阻挡。

　　在没有见过这头熊之前，有关它的故事就已经在他的脑海里翻腾了，甚至在他没有看到那片被砍伐的森林前，它的目光和巨大身影就在数不清的梦中出现过。它在森林里留下了弯曲歪斜的掌印，毛发蓬松，身形庞大，眼睛通红，虽然不是恶狠狠的样子，但却是巨大无比——如此巨大，连猎狗也不敢朝它吠叫，连骏马也不愿追赶，猎人们毫无制服它的办法，开枪也不管用。在这个面积不断缩小的地区内，它真是太巨大了。在没有亲眼看到巨熊与荒野之前，他调用了儿童全部的预感力，似乎看到了它完整的身形。那片在劫难逃的荒野，人们正在持续不断地用斧头与犁头一点点吞噬着它的边界；人们对荒野充满了畏惧，正因为它是荒野——老熊在这片土地上赢得了巨大名声，数不清的人们甚至连各自的姓名都不知道。在老熊的名号下，奔跑着的甚至不是一头终有一死的动物，而是一只不合时宜的怪兽；它不屈不挠，不可征服，仿佛来自一个已经消亡了的古代，是古老荒野世界中的一个幽灵，一个缩影，一个神灵。渺小的人类蜂拥而至，带着愤怒、憎恨与恐惧开垦着荒野上的土地，犹如侏儒们围住一头昏昏欲睡的大象的脚踝忙碌着。而那头老熊显得孤寂，不可征服却孑然一身，没有伴侣，没有子女，永生不死——如同耄耋之年的普里阿摩斯失去了耄耋之年的妻子，却比他的所有儿子活得还要长寿。

　　十岁前的每年十一月，他都能看到那辆四轮马车载着猎狗、卧具、食物和猎枪，搭乘着父亲、泰尼家的黑奴吉姆和印第安人萨姆·法泽斯（他是契卡索族①酋长与一位女黑奴的儿子），启程出发，朝杰弗逊小城驶去，在那儿与德·西班上校等人汇合。在七岁、八岁、九岁的男孩眼里，他们不是去大谷底猎熊猎鹿，而是和那头他们无意猎杀的巨熊进行一年一度的约会。两个星期后，他们准会打道回府，没有任何战利品，没有熊头或熊皮——对此他早有预料。他甚至也不担心猎物会被放在马车上而没有被自己看到。他一直坚信：到了十岁，当父亲允许他一同前往的时候，他也会在每年十一月的这个两个星期中，和父亲、德·西班上校、康普森将军以及其他人一起，与猎狗们不敢吠叫、步枪猎枪打中了却不流血的这头巨熊来一次约

---

① 契卡索族，Chickasaw，美国南方马斯科吉印第安人的一个部落。

会，在这个一年一度的盛会中，去见证这头狂暴而不朽的老熊。

他听见了猎狗的叫声。这是他首次来营地后的第二个星期了。他和萨姆·法泽斯倚靠在一棵巨大的橡树上，旁边是那条隐隐约约的十字小路。每天黎明，他们就站在这个地方听猎狗的叫声，已经连续九天了。此前他曾听到过一次，就在上个星期的一天早晨——那是一声低吼，搞不清源头，在潮湿的森林里产生了回响，瞬间膨化成一个个单独的声音，而他能辨认出这一个个的声音，还能叫出它们的名字来。他在萨姆的叮嘱下举起了猎枪，拉开枪栓，然后纹丝不动地站着，而那一阵看不清来向的嘈杂声，迅速升起，从空中掠过，然后慢慢消失。他似乎能真真切切地看见那头奔鹿，那头金黄色、烟雾色的雄鹿，长长的身影飞速逃窜过去，湮没在森林中，湮没在昏暗的荒野中。甚至当猎狗的叫声沉寂下来的时候，那一阵嘈杂声依然嗡嗡嗡地回荡着。

"现在把枪栓合上吧。"萨姆说。

"你早就知道，它是不会到这儿来的。"他说。

"是的，"萨姆说，"我想教你学会不开枪的时候应该怎么做。真要让熊或鹿任意冲过来，猎人和猎狗就都玩完了。"

"还好，"他说，"那只不过是一头鹿。"

到了第十天的早晨，他又听到了狗吠声。他赶紧按照萨姆教他的那样，端起了那杆又长又重的猎枪，而此刻萨姆甚至还未开口说话。不过，这次不是鹿了，也不是猎狗们起劲追踪气味时发出的嗡嗡嗡嘈杂声，而是一阵杂乱不堪的狂吠，声音比平常高出了一个八度音，其中不仅夹杂着迟疑，而且还带有某种自卑，声音的速度甚至也不是很快，过了很长时间才完全从耳边消失，最后在空中某个地方留下了回音，淡淡的、略带点歇斯底里的、自卑的、几近悲伤的回音，似乎在它们的前方不再是一头正在逃窜的、尚未现身的烟雾色的食草动物。萨姆曾经教过他，此刻的第一要务就是拉开枪栓，找到一个能看得见

147

所有方向的位置站好，然后再也不要移动。此时，萨姆已经站在他的身旁。他能听见肩膀的上方萨姆的呼吸声，能看见这位老人翕动着的圆拱形鼻翼。

"哈哈，"萨姆说，"还没有奔跑，只是在踱步。"

"是老本熊！"孩子叫道，"竟然往这儿来了！"他大叫，"正往这儿来了！"

"它每年都要来的，"萨姆说，"每年来一趟。也许只是想看看这次谁住在营地里，看看他会不会开枪，看看我们有没有带来能咬住它、逮住它的猎狗来。它会把猎狗们引到河边去，然后再打发他们回家。我们还是回去吧，看看猎狗们回营时是什么样子。"

他们赶到营地时，猎狗们已经返回。那十条猎狗蜷缩在厨房的后面。男孩和萨姆蹲下身子，朝昏暗处仔细瞅去，只见这些猎狗挤成一团，悄无声息，眼睛熠熠发光，扑闪地看着他们，然后又失去光泽，不再发声，显然是闻到了某种味儿，不是猎狗身上的却比猎狗身上更浓的味儿，也不是普通动物身上的，而是一头野兽身上的味儿。除了那片原始的荒野，在这些自卑的、几近痛苦吠叫的猎狗前方什么也没有。因此，当第十一条猎狗在中午时分回来时，所有的人都投去了注视的目光——甚至包括艾什老舅（他自称自己首先是一个厨子）。萨姆给这条猎狗残破的耳朵和歪斜的肩顶上涂上松节油和润滑油。在男孩看来，只不过是那片荒野——而不是什么活的野兽——短暂地弯下了身子，在这只鲁莽冒失的猎狗身上轻轻拍了一下而已。

"这猎狗啊它像人，"萨姆说，"跟人很相似。不到迫不得已时，是不会有神勇表现的。他们都知道，要想问心无愧地活下去，迟早是要神勇地表现一番的；他们早就料到了，自己如果神勇地拼搏一下会碰到什么事。"

那天下午，他骑在拉马车的那头独眼骡子上。这头骡子不在乎什么血腥味儿，据说也不在乎那头巨熊。萨姆骑在另一头骡子上。在这个转瞬即逝、白昼越来越短的冬日，他们骑着骡子走了三个多小时。走过的地方没有路，甚至连看得见的小道也没有。他们走进了一片以前从未来过的地区。这时，他知道为什么萨姆让他骑着这头不会受惊的骡子了。那头没有残疾的骡子突然止住了脚步，试图掉头逃跑，甚至当萨姆翻身下来后也是如此。它大口呼着气，拼命拉扯和扭动着缰绳，而萨姆紧紧牵住绳子，用温和的声音哄着它向前。他可不敢冒险把它拴起来，只能硬拉着它往前走。男孩也从那头身有残疾的骡子上跳下来。

在即将消逝的昏暗的午后，他站在萨姆身旁，看着一根倒伏在地的枯木已经腐烂成了空壳，上面还留下了一道道兽爪的痕迹。在枯木附近的潮湿地面中，有一只歪斜着的巨大的双趾爪印。这时他明白了当时在厨房里瞅着那些蜷缩一团的猎狗时，自己闻到的是什么味儿了。他第一次意识到那头熊只不过是一只普通的动物而已，在他记事前就已经在耳边回荡，在梦中浮现，也同样在父亲、德·西班上校，甚至康普森老将军的耳边回荡过，在他们的梦中浮现过，也是在他们能记事前就发生了。如果他们每年十一月赶往营地时根本没想过要把猎杀的老熊带回来的话，那么其原因不是它不能被猎杀，而是一直以来，他们实际上根本就没有希望猎杀那头老熊。

"明天再来吧。"他说。

"明天再试试。"萨姆说，"我们还没有猎狗呢。"

"我们有十一条猎狗啊。今天早上，它们还追踪过呢。"

"它们都不行，其实有一条就足够了。"萨姆说，"熊不在这儿。也许，哪儿也找不到它。唯一可能的是某个带枪的猎人碰巧遇到了它。"

"那个人不会是我。"孩子说，"可能是沃尔特，是上校，是——"

"也许吧。"萨姆说，"凌晨时分，你一定要提高警惕。它很机灵，所以它活了这么久。如果它被围起来，不得不找一个方向冲出去，那一定会找你的。"

"会吗？"男孩说，"你是怎么知道的——"他停顿了一下。"你是说它已经认识我了，可是我以前从来没有来过这儿，它还没来得及发现我，是不是——"他又停顿了一下，眼睛看着萨姆，只见老人的脸十分平静，随后微笑了起来。他谦虚地说着，语气中甚至一点也不惊讶："原来它在观察的人是我呀。我想它不需要来，哪怕一次。"

第二天凌晨，他们在日出前三个小时离开了营地。这次他们驾着马车，因为距离太远，无法步行，即使是马车里的猎狗也不行。当第一缕暗淡的阳光升起来时，他们又一次来到了一个以前从未来过的地方。萨姆为他找了一个位置，叮嘱他待着别动，然后两人分开。那杆猎枪太大，不适合他。枪不是他的，而是德·西班上校的。他迄今只开过一次枪——来营地的第一天朝着一根树桩开的，想了解一下枪的反冲力，搞明白怎样装填弹药。他倚靠在一条小河边的橡胶树上，只见漆黑而平静的河水从一处藤蔓丛中流出来，没有半点涟漪，经过一小段开阔地带后，又流入藤蔓丛中。那儿有一只看不见的鸟儿——黑奴们管它叫"上帝之主"的大啄木鸟，在一棵枯死的树干上发出笃笃笃的声音。

今天在这儿蹲守，和以前并没有什么两样。他每天清晨都这样蹲守着，已经持续了十天，不同的只是一些细节而已。对他而言，这个地区从未踏足过，但却和其他地区一样似曾相识。过了近两个星期的时间，他终于相信自己能够对那一成不变的荒野，和那一成不变的孤寂有所了解了。人类虽然穿行其中但却无法改变，不会留下印记，也不会留下伤痕。萨姆·法泽斯的远古祖先，契卡索部族的始祖们，潜入这片荒野四下寻觅，挥舞着斧头砍伐，拉开弓箭施放的时候，荒野的外观与现在相比毫无二致。不过，所不同的只是因为，他在厨房时就闻到了猎狗挤成一团谄媚荒野的味儿，看见了那条歪斜着耳朵和肩膀的猎狗，那条据萨姆说为了问心无愧不得不勇猛地拼搏一下的猎狗，昨天还在那根朽木的旁边看到了那头熊刚刚留下的爪印。

他根本听不到狗的叫声。他一直没有听到，只听到啄木鸟时断时续的笃笃笃声。他知道那头熊正在看着他。他还从未见过它。他不知道熊是在他的身前，还是在他的身后。他没有移动，手里握着那杆无济于事的猎枪，没有人提醒他拉开枪栓，直至到现在他也没有把枪栓拉开。此时此刻，他在唾液里感觉到了某种像黄铜一般的味儿，他熟悉这个味儿，因为当时在厨房见到那些挤成一团的猎狗时，他就已经嗅到了。

然后，这个味儿没有了。啄木鸟的笃笃声一度戛然而止，干巴单调的笃笃声在这时又突然响了起来。过了片刻，他甚至相信自己听见了猎狗的叫声——一声低吠，甚至算不上声音，也许一直能听到，只是自己没有辨别出来而已。这个声音飘进了他的耳中，然后又从耳中飘出来，最后慢慢消失了。猎狗们不知道从哪儿追来的，但就在他附近。如果它们是在追一头熊，那么一定是另外一头。萨姆这时从藤蔓丛中走出来，趟过了小河，后面跟着昨天受伤的那只猎狗。它一步不离地跟在他的身后，就像一只猎鸟犬，毫无声息。它走过来，挨着男孩的腿蹲伏了下来，浑身颤抖，眼睛紧盯着那片藤蔓丛。

"我没有看见它。"他说，"没有看见，萨姆！"

"我知道。"萨姆说，"它只是来看一眼而已。你甚至都没听到它的动静，是吧？"

"是的。"男孩说，"我——"

"它很机灵。"萨姆说，"太机灵了。"他低头看着猎犬，只见它微微颤抖着，身子紧紧靠在男孩的膝盖上。它歪斜的肩胛上渗出了几滴鲜血，黏糊糊的。"真是太庞大了。我们还没有合适的猎犬。不过，总有一天会有的。也许不是下一次，但总有一天会有的。"

　　那么我非要见到它不可，他心里想着，一定要亲眼看到。否则的话，对他来说，这种状况将会永远地持续下去。同样的状况已经发生在父亲和德·西班上校的身上了，甚至也发生在康普森老将军的身上——德·西班上校的年纪比父亲大，康普森老将军的年纪更大，早在1865年时还当过一族之长呢。否则的话，这种状况就会这样没完没了地持续下去，一次又一次地发生着，今后的今后还将发生着。对他来说，有两样东西他将永远也看不清，一个是他自己，另一个是那头熊——它宛如一片朦胧的影子，来自于时间肇始的灵界，最后也变成了时间。那头老熊变得永生不死了，他本人参与其中，多少也分享了一点，而且绰绰有余。他现在明白了自己在缩成一团的猎犬身上闻到的是什么味儿了，在自己的唾液中所感觉到的是什么味儿了。他认出了那是恐惧。所以我非要见到它不可，他毫不畏惧，甚至也毫无希望地想着，一定要亲眼看到。

　　那是第二年的六月。他十一岁了。他们又来到营地，庆贺德·西班上校和康普森将军的生日。尽管后者在九月出生，前者在十二年后的深冬出生，但是在这两个星期的时间里，他们一道去垂钓，打松鼠，猎火鸡，夜晚带着猎犬追踪浣熊和野猫。也就是说，他和伯恩·赫根贝克，黑奴们也可以钓鱼、打松鼠、追踪浣熊和野猫了，因为这些久经历练的老猎手们对这些小打小闹是不屑一顾的，他们只是在打赌比试枪法的时候，才会用随身佩戴的手枪打一下野火鸡而已，如老上校德·西班和康普森老将军，他们在这两个星期的时间里，坐在安乐椅上，在身前架起一口铁锅，烧着布伦瑞克炖肉，搅动着，品尝着，同年岁已高的艾什争论着炖肉的做法，让泰尼家的吉姆把大坛子中的威士忌酒倒进锡制的杯子中，慢慢地啜饮，甚至还包括男孩的父亲和沃尔特·厄威尔——相比之下，他们的猎手资历尚浅。

或者也可以说，只不过是父亲和其他人以为他在打松鼠罢了。
到了第三天，他觉得萨姆·法泽斯也是这么想的。每天清晨，他一吃
过早饭就离开营地。他现在有了自己的猎枪———一件圣诞节的礼物。
他来到河边的那棵大树，那棵他曾经在凌晨蹲守过的大树旁。他拿着
康普森老将军送给他的指南针，从大树这个位置开始巡逻。他要通过
自学，成为一个超群出众的森林猎手，练就一身灵敏的感觉。第二
天，他甚至找到了那根枯木，枯木附近就是他第一次看见歪扭爪印的
地方。枯木现已完全朽烂成了破碎的木块，眼下正以难以置信的速度
复原着，通过充满激情以及清晰可见的自我否弃，重新回归到土壤
中——已经从中长出了新树。

他巡视着郁郁葱葱、光线暗淡的夏日丛林。如果有什么区别的
话，眼下实际上比十一月枯叶腐烂季节还要昏暗不清。甚至在正午时
分，太阳只是在地面上断断续续地洒下几许斑驳的光点。地面上始终
潮湿，蛇类出没其间——蝮蛇、水蛇、响尾蛇，它们身上同是斑驳光
影的颜色，因此他始终看不见它们，只有在它们爬动的时候才能看
见。第一天、第二天，他一次又一次返回到这个位置。在第三天傍晚
的暮色中，他从圆木栅栏围成的马厩旁经过时，看见萨姆正在把一匹
匹马赶进去过夜。

"你今天看起来不对劲。"萨姆说。

他停下脚步，有一会儿，他没有吱声。后来他平静地说着，平静
中透着急促的冲劲儿，仿佛一个孩童在小溪上建造的微型水坝垮塌了
似的。"我好着呢。不过，什么叫不对劲儿？我去了小河边。甚至又
看到了那根枯木。我——"

"我想那就对了。也许它一直在观察你呢。你还没有看到过它的
爪印？"

"我——"男孩说，"我没有——我从未想过——"

"那是因为你带枪了。"萨姆说。他站在栅栏旁，没有移动——这位老人，印第安人，穿着破旧褪色的背带裤，头戴着只值五美分的草帽——这顶草帽在黑种人那儿一直是奴隶的标志，现在却成了他自由的徽章。这个营地，包括那片空地、那幢房子、那座谷仓，以及谷仓前的小院子，那是德·西班上校一丁点儿一丁点儿从那片荒野中主动扒拉出来的——在暮色中渐渐昏暗下去，最后湮没在荒野丛林中远古的黑暗中。带枪了，男孩心里想着，我带枪了。

"吓坏了吧。"萨姆说，"这是身不由己的。不过，不用害怕。森林里没有什么东西会伤到你的，除非你把它逼得走投无路，除非你让它嗅到了你自己怕得要命。熊或鹿也会被懦夫吓破胆的，就像勇敢的人也会被懦夫吓破胆一样。"

我带枪了，男孩心里想着。

"你必须要做出选择。"萨姆说。

男孩在破晓前就离开了营地。这时，艾什舅舅还没有从厨房地铺上的被窝中醒来，也没有生火做早饭。他只带了指南针和一根防蛇用的棍子。他走了将近一英里的路程，然后才动用一下指南针。他坐在一根圆木上，那只看不见的手里拿着那个看不见的指南针，各种神秘的夜晚的声音，在他走动的时候寂静无声，这时又骤然响起，随后又永远地停止了。猫头鹰的叫声停止了，取而代之的是苏醒了的各种日鸟的啁啾声。他的眼睛能看见指南针了。然后，他快速地走着，不过仍然是静悄悄地走着。他正变得像森林猎手一样越来越优秀，只是他自己尚未意识到这一点。

日出时分，他惊醒了一头母鹿和一只幼鹿。他从它们休憩的地点走过，只有咫尺之遥，因而看得真真切切——倒伏的茸毛、白色的短尾，幼鹿在母鹿身后一掠而过，奔跑速度之快令他感到难以置信。他逆风的行猎方法是正确的——这都是萨姆教的。眼下，这个方法不重要了。没有带上那杆枪，是他心甘情愿、主动放弃的结果。他并没有

154

将此举看成是一种策略或是一次取舍，而是将它看成一种新的状况。在这样的状况下，不仅是那头熊迄今为止尚未打破的神秘状态，关于猎杀与被猎杀的古老规则和均衡游戏也已经被废止。他一点也不担心，甚至当恐惧完全占据内心的时刻也不担心——鲜血、兽皮、内脏、兽骨，以及那些没有成为他的记忆前的久远记忆——一切的一切，除了那种稀薄的、清澈的、永生不灭的觉醒。唯有这一觉醒使他不同于这头老熊，不同于其他所有熊和鹿。他有可能在谦恭中猎杀它们，并且还要为自己的猎杀本领和坚韧品格感到自豪。昨天倚靠在暮色中的圆木栅栏上时，萨姆还曾提到过他的本领和品格。

到了正午时分，男孩早已从小河那儿走出去了很远，走进了一片崭新而陌异的地区，也是他到过的最远的地方。他此刻在森林中徒步而行，不仅仅仰仗着爷爷传给他的那块又旧又重、厚如饼干的银表。当他终于歇下脚步时，才第一次——打从拂晓时他从那根枯木出发时起——看清了指南针。走过的距离已经够远的了。他在九个小时前离开营地。从现在算起，再过九个小时，天就已经黑了一个小时了。可是，他没有想这个。他思忖着：好吧，是的，那又怎么样呢？他站住了一会儿，在郁郁葱葱、遮天蔽日的孤寂中显得另类而渺小。他在回答自己提出来的问题，不过疑问尚未形成就已经停止。正是那块表、那个指南针、那根棍子——这三件没有生命的机械物件陪着他走了九个小时，抵挡住了这片原始的荒野。他把表和指南针小心翼翼地放在矮树丛上，将棍子斜靠在一旁，把自己彻底交给了荒野。

前两三个小时，他走路的速度并不是很快，现在走得也不快，尽管他是可以健步如飞的，但是距离已经不重要了。他试图以放了指南针的那棵树为轴心，绕着它走上一圈，希望能回到出发的地点，或者至少能与这棵树交会，因为方向现在也不重要了。不过，那棵树已经找不到了，于是他照萨姆教的那样——从相反的方向走了一圈，这两次的线路会在某一点交叉的，然而他并没有见到上一次留下的脚印，虽然找到了那棵树，却已经不是原来的地方——没有矮树丛，没有指南针，没有手表，甚至树也不是原来的那棵树了，因为树旁有一只绒毛狗。于是，他依照萨姆教的那样，又做了一件事，也是最后一件事。

他在一根枯木上坐下来，正好看见了那道歪斜的熊掌印——歪歪扭扭，巨大无比，双趾脚掌留下的凹痕。他仔细看去，只见掌印里积满了水。他抬头看了看，荒野缩拢了，凝固了——那片空地，他寻觅的那棵树、矮树丛、手表、指南针，在一束阳光的照耀下熠熠发光。就在这时，他看见了那头熊。它并不是一下子冒出来突然现身的，它原本就在那儿，岿然不动，结结实实，在郁郁葱葱、无风的正午时刻，镶嵌在太阳投下的斑驳光影中。它不像他梦到过的那么巨大，但是与他预料中的一样高大，或更加高大，高大无边，映衬在斑驳而朦胧的光影中。他安静地坐在枯木上，熊打量着他，他也朝熊看去。

这时，熊动了，没有发出任何声音。它从容地走着，穿越那片空地，顷刻间走进了耀眼夺目的阳光下。它走到了空地的另一头，又停了下来，并转头朝他看过来，而他屏住了呼吸，总共吐纳了三次。

熊走了。它不是走进丛林，或走进低矮的灌木丛。它的身影渐渐消失，重新湮没在荒野中，仿佛他是看着一条鱼，一条古老的大鲈鱼，沉入黑暗而深不可测的水塘后销声匿迹了，甚至连鱼鳍也没有动弹分毫。

他心里想着，要等到下一年秋天了。可是第二年的秋天没有见到，第三年的秋天没有见到，第四年的秋天也没有见到。这时他已经十四岁了。他猎杀了一头雄鹿，萨姆·法泽斯用温热的鹿血在他的脸上涂上了标记。次年，他又猎杀了一头熊。不过，早在获得这个殊荣之前，他已经和许多大人一样是森林中的能手了，拥有丰富的捕猎经验。到了十四岁的时候，他是一个比大多数大人还要优秀的森林猎手，捕猎经验更加丰富。营地周围三十英里的地界，没有他不熟悉的地点——小河、山脊、水闸、地标、树木、道路。他可以把人带到其中的任何一点而不出一丝偏差，然后又能把人带出来。他知道的一些捕猎小路，甚至连萨姆·法泽斯也不知道。十三岁那年，他发现了一头雄鹿的窝。他瞒着父亲，借来了沃尔特·厄威尔的步枪，在拂晓时分埋伏以待，等雄鹿回窝休息的时候，当场把它猎杀。就像萨姆教他的那样，他按照古老的契卡索族先辈们的样子再猎杀了母鹿。

然而，那头老熊却不好对付，尽管现在他对爪印的熟悉超过他自己的脚印。不只是那个歪扭的双趾爪印了，即使看见了那三个正常的爪印，他也能明确地区分，而且不是根据爪印的大小来判断。方圆三十英里的地界内，其他熊也留下了几乎一样大小的爪印，但是这头熊的爪印不仅仅是巨大而已。如果说萨姆·法泽斯是他的老师，他家后院里的兔子和松鼠是他的幼儿园，那么老熊出没的这片荒野就是他的大学，这头老公熊就是他的母校了。它在如此漫长的日子里没有伴侣，没有子女，已经成了它自己无性的祖先了。不过，他还从未看清过它呢。

现在只要他愿意，他随时能找到那只歪斜的爪印，距离十五英里、十英里或五英里，有时候更近，就在营地附近。在过去三年的蹲守期间，他两次听见猎犬碰巧追到了它的踪迹。第二次时，猎犬们似乎狂跳了起来，声音高亢，带着自卑，几乎像人一样歇斯底里，犹如两年前那个凌晨所出现的情况一样。其实，它们遇到的不是那头熊。他会回忆起三年前的那个正午、林中空地、他自己，还有那头熊，在无风的时刻镶嵌在斑驳的阳光中。对他来说，这件事似乎从未发生过，他也只是在做梦而已。然而，它确实发生了。他们互相看着对方，从和地球一样古老的荒野中冒出来，在那同一时刻步调一致地出现，不仅仅是因为奔流的血液驱动着肉身与骨骼，而是源于对某种更加永恒的事物的触动、承诺与确认，因为脆弱不堪的血肉之躯随时可能被意外事件所毁灭。

就在这个当口，他又看到了那头熊。之所以能看到，完全是因为他虽然一心想着它，却浑然忘了去寻找它。他仍然手持沃尔特·厄威尔的步枪，看到老熊穿越了长长一块空地——那是一条龙卷风刮过时形成的狭长地带——的尾端。老熊快速穿过那里，而不是像火车头那样轧过杂乱的树干和树枝，奔跑的速度比他曾经想象过的要快得多，几乎与飞鹿一样快——因为鹿奔跑时大部分时间是四脚离地的——速度太快了，连举枪瞄准也来不及。这时，他猛然意识到这三年来究竟是哪儿不对劲了。他坐在一根枯木上，战栗着，哆嗦着，仿佛以前从未见过森林一般，也从未见过在森林中出没的动物一样。他带着难以置信的惊讶和困惑意识到，怎么能把萨姆·法泽斯教给他的那件重要的事情给忘了，那件事在第二天就被老熊印证了。三年后的今天，这件事又重新得到了确认。

眼下，他明白了萨姆·法泽斯说要找到一条合适的猎犬是什么意思了，这条猎犬的大小并不那么重要。因此，当他四月份单独回家时——那时学校已经放假，男孩子们帮着父亲打理地里的庄稼，而他得到了父亲的允许，承诺四天后回家——于是他得到了这条猎犬。这是属于他的猎犬，黑奴们管它叫混血狗，一条幼犬，一条捕鼠犬，它的身体不比老鼠大多少，但是却无比勇猛——这种勇猛长久以来已不再是一种胆量，而是演变成了一种凶悍的蛮勇。

他并没有等到第四天。他又一次独自一人，仅在第一天就发现了熊的足迹。这不是一次尾追，而是一次埋伏。他几乎就像是和某个人约会一样计算好了相遇的时间，牵着那条猎犬，用饲料袋捂着嘴消音。萨姆·法泽斯用一根缰绳牵上两只猎犬。他们在第二天破晓时分埋伏在熊迹的下风口。他们如此贴近，以至于熊转身的时候，甚至都没有奔跑，仿佛看到那条松开的小猎犬疯狂咆哮后感到愕然与惊讶。它被逼入了困境，身体抵住一棵大树的躯干，用一双后腿站了起来。在男孩看来，它似乎将永远屹立在那儿，越来越高大。那两条猎犬似乎从小猎犬的身上获得了在绝望中拼死一搏的勇气，也跟着它冲了过去。

这时他意识到小猎犬并不会停下。他挥起了手臂，将那杆枪扔在一边，自己也奔跑了过去。当赶上并抓住那只疯狂打转的小猎狗时，他似乎直接站在了巨熊的身下。

他能嗅到它身上的味儿，浓厚、燥热、腥臭。他匍匐在地，抬头看去，只见它隐隐约约屹立在上方，宛如一场暴雨，颜色犹如霹雳一样，非常熟悉，熟悉得平静而透明。记忆突然浮现——这就是他梦中经常见到的情境。这时，熊走了。他没有看见它是怎么走的。他跪在地上，用双手拉住疯狂的小猎犬，听见那两条猎犬发出的局促不安的干号声越来越远了。这时，萨姆站了起来。他拾起了那杆枪，静静地放在男孩的身旁，然后站在那儿，低头看着男孩。

"你手里拿着枪看见它两次啦，"萨姆说，"如果你开枪的话，不可能打不中的。"

男孩站了起来。他仍然牵着小猎犬。小猎犬被抱在怀里，离开了地面，依然狂吠不止。那两条猎犬的咆哮声越来越弱的时候，小猎犬仍然上蹿下跳，就像一根纠结的钢丝弹簧。他有点气喘吁吁，但是已经不再颤抖或哆嗦了。

"你也不可能打不中！"他说，"你手里有枪！你也没开枪！"

"你竟然没有开枪，"父亲说，"你离它有多远？"

"我不知道，爸爸。"他说，"它的右后腿上有一只大虹蝇子，我都看见了。我当时手里没枪。"

"可是手里有枪的时候，你并没有开枪啊。"父亲说，"为什么？"

男孩没有回答。父亲没有等他回答，站起身，走到了屋子的另一头，来到书架前。经过的地方有男孩两年前猎杀的熊皮，还有父亲在男孩出生前猎杀的更大的一头熊的兽皮。书架的上方，高高挂着的是男孩猎杀的第一只雄鹿的鹿头。父亲管这间屋子叫"办公室"，种植园里的所有生意都在这儿交易完成。十四年来，男孩在这间屋子里听到了最精彩的谈话。德·西班上校来过这儿，有时候是康普森老将军，还有沃尔特·厄威尔、伯恩·赫根贝克、萨姆·法泽斯、泰尼家的吉姆——他们都是猎手，熟悉这片森林，熟悉森林里奔跑的动物。

他侧耳恭听他们交谈，只倾听不说话。他们说，那片荒野，那片广袤森林，比任何白人文献记载的还要广袤，还要古老；他们说，白人真够愚蠢的了，自认为买下了其中的一部分；他们说，印第安人真够无情的，自以为其中的一部分是属于他们的，因而可以卖给白人。荒野属于所有人，不属于白人、黑人或红种人，而是属于所有人，属于用意志力和刚毅来克服磨难，用谦恭和本领求得生存的猎人们。猎犬、熊、鹿在荒野中比肩共存，各求慰藉；它们驰骋在荒野中，听命于荒野，委身于荒野，遵守着那些古老而不可调和的规则，进行着这场古老而不屈不挠的角逐，既无悔恨的余地，也绝无仁慈可言。说话声停了下来，但所说的话却是掷地有声的，并故意留出时间让大家回顾、追想与精确地回忆。男孩蹲在闪烁的炉火旁，如同泰尼家的吉姆一样蹲着。只有在给火炉添柴、传递酒瓶给杯子倒酒的时候，吉姆才会站起来走动一下，因为现场总会有一瓶酒的。因此片刻之后，他觉得那些充满了情感、理智、胆略、计谋与速度的激动人心的时刻，都被浓缩、净化在那瓶棕褐色的烈酒中。这酒不是供妇女饮用的，也不是供男孩和儿童饮用的，而是专供猎人们饮用的。猎人们所饮用的不是他们猎杀的动物的鲜血，而是某种已经被浓缩了的不朽的荒野之酒[①]。他们温文尔雅地饮着，甚至毕恭毕敬地饮着，不会像异教徒那样卑劣地以为饮酒能让他们获得谋略、力量和速度等各种本领，他们是通过饮酒向这些本领行礼致敬。

---

① 原文为"spirit"，是"酒""酒精"的意思，也有"精神"的意思。

父亲拿着一本书回来，又坐了下来，把书打开。"你听着。"他说，大声朗读了五个诗节，声音平静而从容。已经是春天了，屋子里已不再生火。这时，他目光朝上，男孩注视着他。"好了，你听着"父亲说，然后又朗读了一遍，但这次只读了第二诗节。读到诗节结尾的最后两行，他把书合上，放在身边的桌子上。"她不会老，虽然你不能如愿以偿，你将永远爱下去，她也永远秀丽！①"父亲说。

　　"他说的是一位姑娘。"男孩说。

　　"他总要说点什么。"父亲说，"他说的是真。真是永远不会改变的，真是唯一的，真包含着一切触动人类心灵的事物——荣誉、自豪、怜悯、争议、勇气、爱。现在你明白了吗？"

　　他不知道。其实，事情简单得多。有一头老熊，凶猛而残忍，不仅想要活下来，而且对自由充满强烈的自豪，对自由是如此自豪，即使看见自由受到威胁也毫不畏惧，甚至也毫不惊慌。不，它有时候似乎故意将自由置于危险之中，目的是为了品尝自由，是为了让古老而强壮的血肉之躯变得更加柔韧和敏捷，用来防卫和保护自由。还有一位老人，他是女黑奴和印第安国王之子。他既是母亲所在的族群——这个族群有着漫长的历史，磨难让他们变得谦恭，忍耐使他们感到自豪；在磨难与不公中，他们的谦恭与自豪延续了下来——的后裔，也是父亲所在的族群的后裔。这个族群生活在这片土地上的历史比第一位先民还要长久，这片土地上早已没有了他们的身影，只剩下一位老黑奴的变异血脉与一头老熊不可征服的野性精神所结下的孤独的兄弟情谊。还有一个男孩，他希望能学会谦恭和自豪，让自己成为娴熟而令人尊敬的森林猎手，但是他突然间发现，自己的捕猎本领如此娴熟，进步如此之快，进而担心自己是否真的令人尊敬，因为他还没有

---

① 出自济慈《希腊古瓮颂》，参考查良铮译文。

学会谦恭和自豪，虽然他也曾经努力过。直到有一天，他同样在突然之间发现，一位对谦恭和自豪没有下过定义的老人，仿佛手拉手地牵着他来到了那个地方。在那儿，一头老熊和一只幼小的混血狗向他表明，如果能获得其中任何一样，他就能获得谦恭与自豪。

一条小猎犬，没有名字的混血狗，多而杂的血统，现在长大了，体重还不到六磅重。它好像自言自语地说着："我不危险，因为再没有别的猎犬比我更小了；我不凶猛，因为大家只不过管它叫噪音；我不谦卑，因为我离地面太近，不可能再屈膝跪拜；我不骄傲，因为我离它还不够近，没有人知道是谁投下的阴影，我甚至都不知道我去不了天堂，因为命里早已注定我没有一个不朽的灵魂。我能做到的就是勇猛，能这样做就足够了。我能做到的就是勇猛，即使大家管它叫噪音。"

事情就这样。就那么简单，比书本上所讲的少男少女的事情要简单得多——少男永远是不会为少女感到悲伤的，因为他永远不可能离她更近一点，也永远不可能离她更远一点。他曾经听说过一头熊的故事，最后自己长大了，可以追寻它的踪迹了。他追踪了四年，终于与他相遇，虽然手中有枪，却没有开枪。那是因为一条小猎犬——它越过二十码的距离朝那头熊冲过去之前，他本来是可以开枪的；老本熊靠后腿直立居高临下时的漫长一刻，萨姆·法泽斯本来也是可以开枪的。他止住了思绪。父亲神情严肃地看着他，屋子里的暮色已带有春天的气息。父亲说话的时候，语气犹如暮色一样宁静，声音也不大，因为没有必要，因为他的话将永续长存。"勇敢、荣誉、自豪。"父亲说，"还有怜悯、热爱正义、热爱自由。这一切触动着人类的心灵。就我们对真的理解而言，长存于人类心灵中的就是真。你现在懂了吗？"

萨姆、老本熊、小狗尼普都很棒，他心里想着。还有他自己。他也很棒。父亲就这么说过。"我懂了，爸爸。"他说。

猎熊趣闻

这个故事是拉特利夫讲的。他是个缝纫机推销员，故事发生那会儿他还驾着辆平板马车在我们郡里穿行，拉车的马勉强凑齐，虽瘦骨嶙峋，劲儿却挺足，车也还轻快结实。眼下他可是开着辆福特T型车，车后载着他那口铁皮箱子。这箱子像极了狗屋，还漆得像个房子，里面装的就是他那台缝纫机样品。

　　拉特利夫在哪儿出现都不是怪事儿——在农妇蜂拥而至的集市上，在缝纫茶会上，他都是亮相的唯一男人；在乡村教堂里，在整日唱颂圣歌的人群中，也能看见他一边走来走去，一边还用那悦耳的男中音唱着歌；甚至在这个他讲到的猎熊场面中，也能看见他的影儿。德·西班上校每年必去的狩猎营地就在离镇二十英里的河谷中。可在狩猎的这群人里，他想卖给谁缝纫机，却也不太可能。因为德·西班夫人保准早就有了一台，除非她想买台送给她那些嫁出门的女儿。而另外一个人嘛，就是叫卢修斯·普洛文那人。这故事他俩都有份儿，最后闹得拉特利夫的脸毁得不轻，身上也是伤痕累累。这普洛文就是有心要给老婆买台缝纫机也买不起，除非拉特利夫愿意让他赊个账什么的。

　　普洛文也是本郡土生土长的人。眼下他可是有四十岁了，嘴里的牙掉得差不多了。多少年前，他和他那死了的兄弟，还有杰克·邦兹，他们仨人号称"普洛文帮"。杰克·邦兹是普洛文的同辈人，如今也死了，人们早把他给忘了。曾几何时，普洛文帮可是我们这宁静小镇的一大祸害。他们一板一眼地模仿年轻人放纵狂野的时尚做派：星期六的深夜在广场上放枪；星期天一早，就骑着马儿狂奔，把去教堂做礼拜的女士们吓得不轻，她们惊声尖叫，四散逃窜。可镇里岁数再小点儿的人就完全不知道有这么个人，顶多知道有这么个高个儿，因为身强力壮而惹眼，走到哪儿都一副忧闷阴郁的样子，而无论在哪儿，只要不拦着，他还都要逛逛。没有一个圈子真的要过他，而在养老婆和三个孩子这件事儿上，他可是没费过一丝力，也没上过一点儿心。

现如今，除了他，我们中还有一些人家里过得缺这少那的。在过去，一些人兴许是因为懒，什么活儿都不愿干，但今非昔比，从几年前起，日子不济多是因为找不到活儿干。眼下这情形，可让一群人成了众人眼中的香饽饽了，这群人在广场上转悠，出没于大街小巷，手里都提着个黑色小硬皮箱，替工厂推销些零零碎碎的东西，比如肥皂、抽水马桶零件、厨房用品什么的。可有一天，普洛文也提着这么个箱子露面时，我们所有人都惊呆啦。当然不出一周，镇上的警察就发现箱子里尽装着走私的小瓶威士忌酒。最后，还是德·西班上校想办法把他捞了出来。也多亏了德·西班上校，平日里给普洛文夫人一些缝缝补补的活儿，掏钱救济了他一家老小。想想这位德·西班上校从前可是被普洛文用鞭子抽过的，如今这番作为多半出于古罗马勇士的遗风，是向普洛文那赫然的昔日身影表达敬意并挥手作别而已。

也还有年岁稍长的人记着"壮汉"这个名号，那是二十年前的普洛文啦，谁知道在哪段不堪回首的往事中，灰飞烟灭了这响震四方的绰号。那个年轻人，幽默感全无却精力冲天，吐纳间冲劲俱露，这股子气焰已在时光中消失殆尽。他行事轻狂，多半是酒后作祟，冲动

166

之下凶暴残忍的事儿也做过几桩，其中就有黑人野餐会那一件。野餐会是在离镇子几英里外的黑人教堂举行的，野餐进行当中，普洛文兄弟俩和杰克·邦兹出现了，他们刚从村子里跳完舞回来，举着上了膛的手枪，叼着刚点上的雪茄，把那些黑人男的依次带到一边，用燃着的雪茄烟头照着他们的衣领——当时风行一时的明胶衣领烫过去，这让每个受害者还没感觉到怎么疼，就在脖子上留下了微微凸起的黑圈儿。普洛文就是这么个人，拉特利夫故事里讲的就是他。

可为了给拉特利夫下面讲的故事做个铺垫，还有一件事不可不说。从德·西班上校的宿营地沿河往下游走五英里，有一片长满了藤蔓、橡胶树、针栎树的野生丛林。这片林子较别处的原始味儿更浓，林子里坐落着一个印第安土墩；这个土著人的土丘，可是这片平坦河谷与荒野丛林中的唯一高地。它耸然屹立在那儿，显得深奥难懂，神秘莫测，甚至对于我们这些小孩子而言——虽然还是小孩子，但父母都通文识字，我们自小在镇子里长大——它也透露着隐秘的气息，暴力与血腥的味儿，意味着野蛮和生命的骤然毁灭。而相形之下，那些叫喊声、厮杀声、短斧相接声，那些缘于我们地下传阅的廉价小说中印第安人的想象，都如此微小短暂，却也通向潜藏于那土墩中的黑暗力量。这股力量邪恶无比，还带着些许讥讽冷笑，如同不可名状的野兽，黑暗之兽，舔舐着沾满鲜血的嘴，悄无声息间懒散着假寐——或许吧，这些念想都源于奇克索人。这一度强大的部落，如今在政府的保护下，其残余仍然住在附近，如今都取了美国式的名字，过得像那些把他们包围起来的白人一样。这些白人人数不多，今天走了一批，明天又来一批。

但是我们从来没见过他们，因为他们是从不到镇子上来的，他们有自己的居住地和商店。当我们年岁渐长，就意识到他们和白人一样，并不会比白人更野蛮、更粗鄙。也许就是他们最大的不轨行为，就是在我们乡下，这也称不上什么不轨——在沼泽地里制私酒的本领略高一筹。但对那时还是孩子的我们来说，他们带着一丝传奇色彩，他们那藏身沼泽的生活与晦暗土墩的生命相随相系，不可分割。我们中的一些人从未见过那土墩，但我们所有人都听说过，而这些印第安人，就好像已被赋予了黑暗的力量来守护着它。

就像我刚刚说过的，我们中的一些人从未见过土墩，但我们所有人都听说过，谈着它就像男孩子们谈论任何着迷的事儿一样。它就如同这片土地本身，如同战败的内战，如同谢尔曼远征，如同有黑人和我们姓一样的姓，和我们一起生活在经济竞争中。它既是我们存在的一部分，也是生活的遥远背景。可与这些不同的是，这土墩活生生地近在咫尺，深含韵味。十五岁的时候，我和一个同伴，曾在某天傍晚壮着胆子去了印第安土墩。那是我们第一次见着印第安人，他们给我们俩指引了方向。太阳刚好落山时，我们爬到了土墩的顶上。我们俩都带了露营的设备，却都没生火。我们甚至都没把床铺搭起来。我们俩只是在土墩上并肩坐着，直到天色微亮，我们能看清回家的路。我们一句话都没说。在灰暗不明的晨曦中望着对方，我们的脸也是灰暗不明的，显得宁静而庄严。我们回到镇子后，也没说话。我们分手后各自回家睡觉。这就是我们对土墩的所思所感。的确，我们是孩子，但我们的父母都有文化，他们不迷信，也不应该迷信，更不会因为无知而心生恐惧的。

现在就听听拉特利夫讲的卢修斯·普洛文和他打嗝的趣事儿。

我回到镇上时，我遇见的第一个人问："你的脸怎么了，拉特利夫？是不是德·西班上校猎熊的时候，把你当作猎狗使唤啦？"

"才不是呢，伙计，是山猫挠的。"我答道。

"那你怎么惹它啦，拉特利夫？"一个家伙问。

"伙计，"我答道，"我知道才怪呢。"

我真不知道啊。大伙儿把卢克·普洛文从我身上拉开后，又过了好一会儿了我才发现的。此前我可一直不知道艾什老头是谁，不比卢克知道得多。我只知道他是上校的黑奴，在宿营地里帮着支应事儿。我只知道，整个事情发生的时候，我正想去做点儿啥——也许是帮帮卢克，也许是在旁边逗逗他，但没有想过要伤着他，或是帮上校个小忙，把卢克从野营地引开一会儿。后来约莫半夜时，那该死的家伙从林子里突然蹿出来，像只受惊吓的小鹿，跑到我们面前。我们那会儿正在打扑克呢。我说："嘿，你也该满意啦。你现在算是轻松地脱离苦海啦。"他直愣愣地停在那儿，用那种惊讶的目光瞪了我好一会儿。他甚至都不知道大伙儿把牌都停了。然后，他就没头没脑地扑到我身上，就像轰然倒塌的谷仓一样。

扑克自然是打不成了。三四个人一起上才把他从我身上拽开。上校坐在椅子上，手里拿着四张"小三"的纸牌，一个劲儿敲着桌上的锤子，大声叫骂着。大伙儿都踩到我的脸上、手上、脚上，真是帮了我的大忙啦。就好像着火的时候，那些拿着水龙头的家伙们祸害得最多。

"该死，这到底是怎么回事？"上校嚷道。三四个家伙拉着卢克，他像个婴儿似的哇哇哭着。

"是这家伙撺掇他们整了我！"卢克说，"就是他让我到那地儿去的。我要弄死他！"

"谁整了你啊？"上校问。

"那些印第安佬！"卢克哭着说道。这时，他又想扑到我身上，把那些拉着他手臂的人像布娃娃一样甩开，直到上校把他臭骂了一顿，让他安静点。这家伙还真是有一把力气的。你们别让他给骗了，当真以为像他说的身子太弱不能干活呢。也许是因为他从没把力气用在搬运那些装满粉色背带和剃须香皂的小黑箱子上。后来上校问我这到底是怎么回事，我就原原本本讲了我是怎么想帮卢克不再打嗝儿的。

　　我没瞎说，真是心里有点儿可怜他才这么做的。我正好路过，就想着去看看他们打猎打得怎么样。那时太阳快下山了，我驾车过去看见的第一个人就是卢克。我一点儿都不惊讶，因为这儿可是本郡男人们最喜欢的聚会地方，更别提还能免费吃喝呢，所以我就打招呼说"嘿，你真是稀客啊"，他的回答是"呃啊！呃唔！呃噢！呃——哦，上帝！"从昨儿夜里九点就开始，他就不停地打嗝。每次上校给他酒，他都喝，老头艾什没留意时，他就吃。两天前，上校打到了一头熊，我寻思着卢克肯定是吃了太多肥美的熊肉，更别提他们打的那些鹿肉了，可能还吃了调味用的浣熊和松鼠肉。他吃过的野味可能用马车也装不下，于是就变成现在这样啦，一分钟能打三次嗝，整个人儿活像一颗定时炸弹——只不过肚子里装得都是熊肉和威士忌，而不是火药，所以他不会爆炸，这场悲剧也就结束不了了。

　　据他们讲啊，前天夜里，大家伙儿都被他嗝得整夜睡不了觉，上校下床时都快疯了，提着枪出了门，艾什牵着两只猎熊犬跟在后面，卢克也跟了上去——我觉得那完全是因为他嗝得难受，他睡的觉不比谁多多少。他跟在上校后面，还在不停地"呃啊！呃唔！呃噢！呃——哦，上帝！"直到上校转过身说："该死的，滚到那儿去，找那些拿猎枪打鹿的人。你在这儿我怎么能找到熊，甚至连狗抓猎物的声音都听不着，我还不如开辆摩托车呢。"

　　就这样，卢克回到了猎鹿人的队伍中，他们正沿着木头桩子排成的垄站着。我觉得他从来没像这样走过。卢克可真像上校提到的那辆摩托车在远处熄火了，从没闭嘴让自己安静下来，我想是因为他知道没用。他也从没走在开阔的地方。我寻思着，他可能以为傻子都能凭声音听出他不是头鹿，不对，他那时可能难受死了，希望能有人开枪打死他，但没人开枪。他到了第一个狩猎点，伊克·麦卡斯林大叔站的地方。他坐在伊克大叔身后的木桩上，胳膊肘放在膝盖上，脸埋在双手里，又开始了"呃啊！呃啊！呃啊！呃啊！"后来，伊克大叔转过身说："你可真够添乱的，孩子。别在这儿待着。你觉得这世上那些虫子、鸟儿会奔到干草机里吗？喝点儿水试试吧！"

"我早就试过了。"卢克说，身子没动，"我从昨晚九点开始喝水，喝的水够多的了。我要是现在倒下去，都能像喷泉一样喷水了。"

"不管怎么说，走远点儿。"伊克大叔说，"离这儿远点。"

卢克起了身，又晃荡着离开了。他又熄火了，像那些只有一缸的汽油引擎一样，只是那嗝更是打个不停。他沿着垄走下来去了另一个狩猎点，又被撵走了，于是又去了下一个。我寻思着，卢克还希望有人能发点善心击中他，因为事到如今他好像已经绝望了。到了现在，当他打嗝打到"哦，上帝"时，据说你从宿营地里都能听到他的声音。他们说那回声从藤蔓丛那儿折回来，越过那条河，就好像是放在井下的大喇叭。他们还说，就连那些跟踪猎物的狗都不叫啦，所以他们全都走过来把他弄回了宿营地。我就是在这当儿遇见他的。老头艾什也在那儿，上校想睡一会儿，他陪着上校回来的。我和卢克都没怎么留意到艾什，还以为只是一个在那儿随便转悠的黑人呢。

事情就是这样。我们谁也没有留意他，也根本没往心里去。我可真没骗人啊，本来只是拿一个家伙开个玩笑，闹来闹去却搞到另一个人的头上去了。那是冥冥之中藏着某种巨大的力量，人稀里糊涂地招惹上了，却还不知道是咋回事呢。这就要看这种力量想不想开个玩笑，会不会把拳头砸在人的脸上，就像我这次所经历的那样。我就跟卢克说："你昨晚九点就开始打嗝啦？都有二十四小时了，我觉得你该做点啥把这事儿给停了。"他一边看着我——就好像正掂量着是该跳起来照我的脑袋咬下去，还是自己咬一下自己的脑袋，一边慢悠悠、有节奏地"呃啊！呃啊！"起来。后来他说：

"我可不想结束这事儿呢，我爱死这打嗝了。不过，要是你打嗝了，我会帮你治好它。你想知道怎么治吗？"

"怎么治？"我问。

"只要把脑袋给揪下来，你就没东西用来打嗝了，不打嗝你就不会心烦了。我很乐意为你效劳的。"

"那你就可劲儿打吧。"我一边说着，一边看着他坐在厨房的台阶上——过了吃晚饭的时间了，他什么也没吃，因为他的嗓子眼儿好像成了一根单行道——他只是没完没了地"呃啊！呃噢！呃噢！呃啊！"我估计上校也警告过他，如果他再这么嚷嚷的话，结果会怎么样。我真没想过要伤害他。而且，他们都跟我说了，昨晚上他把所有人都给闹得睡不了觉，还把谷底那一带的猎物都给吓跑了。而且，溜达一下对他打发时间也是有好处的。所以我就说了："其实我知道怎么能让你不打嗝了，但是呢，当然啦，如果你真的不想结束的话——"

于是他说："我就指望着有人教我怎么办。要是能有一分钟不打，我愿意出十美元。"这么说着，他又大声打起嗝来。本来这时候他的身体已经习惯了平稳的"呃啊！"声，这声儿倒也不显眼，但是此刻，当他唤醒了自己，真好像打开了一道口子，马上又嚷嚷地打了嗝来："呃——噢！上帝！"那情形就和上次打猎的那帮人把他赶回来的时候一样。我听见了上校走过地板的吧嗒吧嗒脚步声，从这脚步声也能听出他快要疯了。我马上说：

"嘘！眼下你可别再把上校给逼疯了！"

他就安静了下来，还坐在厨房的台阶上，而老头艾什和其他黑人在厨房里忙来忙去。他跟我说："不管你说什么法子，我都愿意试试。我试过了知道的所有办法，还有别人告诉我的所有办法。我憋着气使劲儿喝水，肚子鼓得就像广告里的汽车大轮胎；我在那棵树枝上倒挂了一刻钟，头朝下喝了满满一瓶水；有人让我吞下一颗大号铅弹，我也照办了。可是都不管用啊。你说我还能怎么办啊？"

"嗯，"我说，"不知道你愿不愿意试一试。要是我像你这样打嗝，我就爬到那个土墩上去，让老约翰·巴斯克特帮我治治。"

然后他就一动不动地坐着，慢慢转过身，看着我。有一分钟他连嗝都没打，我真没骗你。"约翰·巴斯克特是谁？"他问。

"你知道的。"我说，"这些印第安人知道各种偏方，白人医生连听都没听过。能帮上白人的忙，也是他们乐意做的事呢。这些可怜的土著人，白人对他们可一直都不赖啊——不光让他们留着那堆眼下谁都不想要的土墩，还让他们像我们一样取名字，还卖给他们面粉、糖、耕地，和卖给白人的可都是一个价儿。我听说，过不了多久，甚至会允许他们一周来一次镇上呢。老巴斯克特会很乐意帮你治好打嗝的。"

"约翰·巴斯克特，"他嘀咕着，"这些印第安佬。"他一边说着，一边儿还在悠悠地、有规律地打着嗝，声音也不大。这时他突然说道："我才不去那鬼地方呢！"那声音听上去真像在哭啊，真的没骗你。他蹿了起来，站在那儿骂着，听起来就像是哭一样。"不管是白人还是黑人，这鬼地方都没人同情我。我在这儿遭罪遭了一天多了，吃不下，睡不好，他们这帮混蛋没人同情我，可怜我！"

"好了，我可是正在同情你呢，"我说，"又不是我打个不停。我刚刚寻思着，看你这打嗝的架势，白人怕是帮不了你了。可是也没人逼着你去那儿，愿不愿治好随你的便啦。"我装出要走的架势，从厨房的拐角绕回来，看见他坐在厨房的台阶上，又在缓慢地、轻轻地"呃啊！呃啊！"起来了。这时候，我隔着厨房的窗户看见了艾什老头，他正站在厨房门口，一动不动，弯着头好像在听着什么。可是，我并没有起疑心。等过了一会儿，我也都没多想，只看见卢克忽然站起身，不出声地站了一分钟，望了会儿打扑克的那些人的窗户，又望向夜色中通向谷底的路。他进了屋子，不声不响的，一分钟后出来后，手里提着个点好的灯笼，还拿着枝猎枪。我不知道那是谁的枪，我猜他也不知道，但他也不在乎。他就那么一声不吭地走出来，坚定了决心似的沿着那条路径直走了下去。我起初能看见那灯笼的亮光，在灯消失了好一会儿后，我还能听见他打嗝的声儿。后来我回到厨房，听着他的声音渐渐消失在河谷中，这时艾什老头在我身后问：

"他去那儿了？"

"去哪儿？"

"去土墩了。"他说。

"嗬，我咋知道。"我说，"我最后跟他说的时候，他听上去铁定了哪儿也不去，保不定他只是想走走。走走也好，今晚能睡得着，没准儿早上有个好胃口。你说对不？"

可艾什啥也没说。他只是回到了厨房。我这时候还是没有起疑心啊。我怎么能起疑心呢？他们当年在杰弗逊小镇做过的事情，我又没亲眼见过，我连一双鞋也没看见过呢，更别提那两家挨在一起的商铺或是弧光灯了。

就这样，我去了打扑克那屋，跟他们说："好啦，先生们，我猜我们今晚能好好睡一会儿啦。"我一五一十跟他们讲了刚才的事儿。我想，卢克十之八九会在那儿待到天亮，不会走五英里的夜路又赶回来。兴许那些印第安人不在乎打嗝这样的小事儿，只有白人才会在乎呢。当时上校可是大为光火，我真没骗你。

"该死的，拉特利夫。"他说道，"你真不该这么做啊。"

"哎呀，我只是提了个建议，上校。开个玩笑罢了。"我解释道，"我只是跟他讲了老巴斯克特是怎样一个医生。我从没想过他会当真。没准儿他根本没到那儿去，兴许只是出去打浣熊了。"

大部分人都和我想到一块儿了。"别管他，"弗雷泽先生说，"我就巴不得他整个晚上都在外面溜达。该死的家伙，昨晚闹得我一

174

整夜没合眼……发牌，伊克大叔。"

"眼下也来不及拦他了。没办法。"伊克大叔一边说，一边发着牌，"兴许约翰·巴斯克特真能治好他的毛病。真傻啊，年轻人，可着劲儿吃啊喝啊，搞得自己说不了话，咽不下饭。今早他坐在我后面的木桩上，听上去就像个干草打捆机。我还想到过，给他来一枪，把这事儿给结了……先生们，我用Q牌押二十五分。"

这当儿，我就坐在那儿看他们打牌，不时还惦记着那家伙：他手里拿着猎枪举着灯笼，一路跌跌撞撞地穿过那片林子，走五英里的夜路来治打嗝；所有那些兽啊鸟啊都瞧着他，寻思着他算是哪门子的动物，哪门子的野兽长着两条腿儿，还发出那样的叫唤声儿。我还惦记着土墩那儿的印第安人，看着他那样走过去，想到这儿我差点乐出了声儿。这时上校跟我说："你小子到底嘀咕些什么，还咯咯笑？"

"没什么，"我说，"我想到了以前认识的一个家伙。"

"该死的，就应该让你和他一块儿去那儿。"上校训着我。这是他觉得该是喝点酒的时候了，所以就嚷嚷着喊艾什，没人应声。我就起身到了门口，对着厨房呼喊着艾什，不过却是另一个黑人应的声。等那黑人提着坛子和佐料进来时，上校抬头看着他问道："艾什呢？"

"他出去了。"黑人答道。

"出去了？"上校又问，"去哪儿了？"

"他说他要到土墩那儿去一下，"黑人回答。我这时还是没有多想，没有片刻起疑心啊。我只是自个儿寻思："那老黑人怎么突然间变得这么好心，竟然担心起自个儿走夜路的普洛文来。八成是喜欢听他打嗝也说不定。"我自己瞎琢磨着。

"到土墩去了？"上校说，"老天啊，要是他回来的时候肚子里灌满了约翰·巴斯克特的威士忌，我就活剥了他"。

"他没说要去干吗，"黑人接着说，"他只跟我说要去土墩那儿

175

一趟，天亮前就赶回来。"

"他最好按时回来，"上校说，"更得清醒着回来。"

我们就坐在那儿，他们还接着打牌，我在旁边看着，像个傻子似的一丝儿疑心都没起，只是琢磨着，如今那老黑人搅进来，要是毁了卢克这一趟多可惜啊。将近十一点的时候，他们都说该睡了，明早儿还要去打猎。就在这当口，我们听到了一阵响动，听着就像一群野马从路上呼啸而过。我们也只是转向门口，寻思着这该死的声音是怎么回事。上校刚开口说"这究竟——"，就好像有一阵暴风雨穿过门廊刮进大厅似的，门一下子被撞开了。是卢克。这时的他，手里没枪也没灯，身上的衣服也被扒得差不多了。他那张脸看上去就像是杰克逊疯人院里的疯子，疯疯癫癫的，可最为重要的是——我注意到了——他现在不打嗝了。这时的他啊，都快要哭出声来了。

"他们铁定是要干掉我！"他嚷嚷着，"他们要把我活活烧死！他们折磨我，把我绑在树枝堆里。有个人拿着火走过来，我拼了命才逃出来的！"

"'他们'是谁？"上校问。"你究竟在说什么？"

"那些印第安佬！"卢克喊着，"他们铁定——"

"铁定要干什么？"上校喊起来，"真见鬼了，铁定要干什么？"

就在这当口，我插进话来。他到那时还没看见我。我说："至少啊，他们治好了你的打嗝。"

他一动不动的，之前没看见我，现在可看清了。他一动不动地盯着我，脸上那表情就好像刚从杰克逊疯人院里逃了出来，马上又要被抓回去了。

"啥？"他问。

"不管怎么说，你总算不打嗝了。"我说。

好了，先生们，他呆呆地站在那儿足足有一分钟，眼神一片茫然，脑袋昂起来一点儿，听着自己的五脏六腑。我猜他准是刚刚发现自己不打嗝了。他站在那儿足足有一分钟，脸上现出了惊呆了的神情。他跳起身来就扑向了我。我还坐在椅子上，真没骗你，有一分钟我还以为是房顶塌了呢。

他们总算是把他从我身上拉开，让他平静了下来，也帮我洗干净，让我喝了点酒。我这才感觉好点儿，但即便是酒下肚，其实也觉得不对劲儿，只觉得该为了自己的荣誉把他叫到后院儿单挑，就像人们经常说的那样。可是不行啊，先生们。我要是啥时候做错什么事了或是冒出了什么坏水，我是知道的。德·西班上校可不是在狩猎中唯一能猎到熊的人。不行啊，先生们。如果是大白天，我肯定开着我的福特车，扬长而去，真没骗你们。可那是大半夜啊，更何况，那时我还想着那黑人艾什呢。我就对他起了疑心了，觉得这事儿肯定跟他撇不清干系。不过眼下可不是回厨房找他问话的良机，因为卢克正占着厨房呢。上校也请他喝了一杯。卢克回到那儿，开始弥补他整整两天啥也没吃的遗憾，一边还扬言要对那个害他出丑的混蛋怎样怎样，却没有点名道姓。不过，他多半又是一连串地打起嗝来，当然我也没去看热闹。

我就这样等到了天亮，直到听见那些黑人开始在厨房忙活才回到厨房。老艾什在那儿，忙着平日的活儿，给上校的靴子上着鞋油，把靴子放在炉子后面，又拿起上校的来复枪，给枪装上了弹夹。我进来时他只瞥了我一眼，就继续往枪里上子弹。

"这么说你昨晚去土墩了？"我说。他很快地瞟了我一眼，不过还是什么也没说。老艾什一头的卷发，看上去就像只老迈的大猩猩。"你一定认识那边儿的人吧？"我问。

"是认识几个。"他还是一边忙着往枪里上子弹。

"认识老约翰·巴斯克特吗？"我问。

"我是认识几个。"他没再看我。

"你昨晚见着他了吗？"我问。他什么也不说了。我也就换了口气，变得像个拿定了主意要从黑人嘴里撬话儿的家伙。"往这儿看，"我说，"看着我。"他看着我。"你昨晚在那儿究竟干什么了？"

"谁？我？"

"别装了，"我说，"昨晚的事儿都过去了。普洛文先生已经不打嗝了。他昨晚回去后，我们都把可能发生的事儿忘了。你昨晚上土墩可不是玩儿去的。你在那儿跟他们说啥了，跟老巴斯克特说啥了，是不是那样？"他不再看我，却仍然忙着往弹夹里上子弹。他朝四下迅速瞥了一眼。"得了吧，"我说，"你想告诉我昨晚出了什么事儿，还是想让我告诉普洛文先生说你也搅在这事儿里头？"他还是不看我，只不停地给来复枪上膛，但我敢打赌他一直忙着寻思事儿呢。"快点儿。"我催着他，"你昨晚到底去那儿干什么了？"

就这样，他说了昨晚的事儿。我寻思他一定是知道瞒不过我，就算不告诉卢克，我还是可以告诉上校。"我只是避开他，先到了那儿，跟他们讲，这个人是新来的查走私的，今晚要来，不过不用担心，只要好好吓唬一顿，他就会走的。他们就照办了。"

"天啊！"我惊叹道，"天！我一直以为自己是开玩笑的行家，但和你比起来，我可是甘拜下风啊。到底发生了什么？你看见了吗？"

"也没发生什么。"他说，"他们事先在那条路上等着，看着他打着嗝儿，拿着枪和灯笼踉跄着走过来。他们把枪和灯笼抢走，带他上了土墩的顶，用印第安话训了他一顿，后来就堆起了树枝，把他绑在了上面。那绳子很容易被挣开的。后来，一个人拿着火走过来，他就跑了。"

"天啊！"我惊叹着，"天啊，我算是服了！"忽然，我想起了一件事儿。本来我已经转过身正要出去，忽然我想起来，就停下脚问："有件事儿我想知道，你这么做到底为什么呀？"

他坐在木箱子上，用手擦着枪，又不看我了。"我这不是帮你让他不打嗝嘛。"

"算了吧，"我说，"不可能是这个原因。到底为啥？别忘了，我现在已经知道这事儿了，我可以告诉上校和普洛文先生他们俩。我还不知道上校会有什么反应，但普洛文先生要是知道了，保准会做些什么。"

他就坐在那儿，擦着来复枪，眼神儿好像在往下看，好像在想着什么。并不是在掂量着要不要告诉我，却像是在回忆很久以前发生的事儿。事实还真是这样。他说：

"我一点儿都不怕他知道。有一次举行野餐会，那是很久以前的事了，大概二十年前吧，他那时还年轻，在野餐的时候，他和他的兄弟，还有个白人——忘了叫啥了，闯进来拿着手枪，把我们这些黑人一个个抓过去，把我们的领子给烧坏了。就是他烧坏了我的领子。"

"你等了这么些年，费了这么些功夫，就是为了报复他？"我问。

"也不是。"他回答，继续擦着枪。"是那个领子。在那时候，最棒的黑人一个星期才挣两美元。那个领子是蓝色的，上面还有红底的画儿，画的是纳奇兹和罗伯特·李比赛的事儿，花了我四块钱！领子被他给毁了。眼下，我一个星期挣十块钱了。我就是盼望着在哪儿还能买到那种领子，半条也行。真的很想啊！"

卡尔卡索纳^①

---

① 卡尔卡索纳，法国南部城市，奥德省省会，是中世纪宗教重镇，有一座著名的古城堡。

我骑在浅绿色的小马驹上它的眼睛如蓝色的闪电鬃毛如纷乱的火焰飞奔的小马驹冲上山峦一路跑进了那高耸入云的天国。[①]

他的尸骨静静地躺着。也许正在想着这些，可是时间不长，身体就开始呻吟起来。不过，它并没有说出来。这肯定不像你，他想，你也不像你自己，可是也不能说默默无语就令人不悦。

他躺在一大块摊开的柏油纸下，全都躺在那儿，只有部分身体除外。这部分身体既不会遭蚊虫噬咬，也不担心冷暖的遽变；这部分身体骑在毫无目的的小马驹上孜孜不倦地飞跑着，直冲上峰峦叠嶂、云雾缠绕的高山——那儿听不见马蹄声，也看不见马蹄印——却永远不会濒临那段蓝色的绝壁。这部分身体既不是肉身，也不是非肉身。他躺在柏油纸下，因为这部分身体从不苦思冥想，他感到了一丝愉悦。

睡觉的程序、躲入洞穴过夜的程序因此被简化了。每天早晨，整张床铺反向卷成了一根线轴，矗立在小屋的角落。它就像一副眼镜，老太太们看书时佩戴的老花镜，上面系着一根细绳，连在一个线轴上，装在烫金的眼镜盒内。那线轴、精致的眼镜盒紧紧地偎贴在睡神

---

① 原文如此，无标点。

的胸前。

他静静地躺着，仔细品味着。在他的身下，小马驹林康每天夜晚都在追赶着，奔向那宿命般的神秘终点。在夜色浓重而凝滞的街道上，一扇扇门窗透出亮光，仿佛是浓墨巨笔勾勒出来的一幅幅彩画。不知从哪个码头传来了轮船尖厉的汽笛声。有那么一会儿，汽笛声震耳欲聋，随后归入寂静，凝住了空气，在耳腔中形成一个真空地带，那儿什么也没有，甚至连寂静也没有。接着，汽笛声止住，余音慢慢消逝，寂静在棕榈叶的哗哗声中获得重生，那叶声犹如沙砾从一块金属片上滑过发出的声音。

他的尸骨依然一动不动地躺着。也许他正在思考着这一切。他将柏油纸的床铺想象成了一副眼镜，每天夜晚都要戴上这副眼镜，细致地考察梦中的景象：

透过这副眼镜的一对透明镜片，那匹小马驹依然向前飞驰着，纷乱的鬃毛上下起伏，如同跳动的火焰。四肢紧贴着滚圆的马腹交替向前，富有节奏地轮换步伐，不断奔跑，每一次的腾跃都会在柔和的嗒嗒声中做短暂休止。他能看见马鞍下的马腹，能看见马镫处骑手的靴底，肚带正好在肩胛的马鞍处将马身一分为二。可是它依然富有节奏、不知疲倦地狂奔着，只是原地踏步裹步不前。他想到了那匹没有骑手的诺曼骏马，一路狂奔着，朝着萨拉森人①的酋长冲过去。这位酋长目光极其敏锐，手腕极其灵巧，手臂强劲有力，只见他手起刀落，一下子就砍断了那头狂奔的野兽。它的断尸残骸奔跑在神圣的尘埃中，发出雷鸣般的轰响。在这片尘埃中，连布隆②和坦克雷德③也

----

① 萨拉森人（the Saracen），又译撒拉逊人，是中世纪西方对阿拉伯人与穆斯林教徒的称呼。
② 比隆公爵（Duke of Bouillon，1555—1623 年），曾任法国大元帅。
③ 坦克雷德（Tancred，1078—1112 年），第一次十字军东征时的诺曼人领袖。

在金戈撞击声中悻悻撤退。那匹骏马发出雷鸣般的轰响，跑进了敌群中，跑进了我们仁慈的主的敌人中，却依然沉浸在冲锋陷阵时的狂怒与骄傲中，不知道自己已命丧沙场了。

破败坍塌的阁楼顶棚向低矮的屋檐口倾斜过去。黑暗中，身体的知觉取代了想象，想象是在心灵的眼睛中形成，一动不动的身体在缓慢地腐烂中发出磷光，而腐烂自出生时就在身体的内部开始了。肉身已经死去，它独立存在着，自生自灭，最后又获得新生，永生不朽，因为我是复活之神。在男人的身体内，那寄生虫应该是贪婪的、细条条的、毛茸茸的。在女人的身体内，犹如音乐般和谐合拍的典雅女人的身体内，那寄生虫应该是形体柔美的，被喂养得漂漂亮亮的。尽管如此，对我来说，这一切只不过是煮沸了的新鲜牛奶，因为我就是复活之神，生命之神。

黑暗中，树木的剧痛得到了很大的缓解。空荡荡的房间不会发出吱吱声、噼啪声。也许树木就像他人的尸骸一样，过了一段时间后，那犹如条件反射似的古老冲动就已经消耗殆尽。一根根骸骨沉入海底，落入海洋深处的洞窟中，经受着轰鸣作响的波浪的冲刷。如同骏马的骸骨，诅咒着那些骑过自己的劣等骑手，相互之间自吹自擂说，倘若让头等骑手骑上它们，那情况就大大不同了。然而，头等骑手总是遭到别人的迫害。看来最好还是做海底洞窟中的骸骨吧，让退潮的海水不断地冲刷吧。

连布隆和坦克雷德的骸骨也在那儿。

他的尸骸又一次呻吟起来。那匹马驹穿过通透明亮的玻璃地板，依然在不知疲倦、原地踏步地狂奔着，它的目的地就是那座可以酣然熟睡的谷仓。黑暗笼罩着一切。楼下开酒吧的路易斯允许他在阁楼上睡觉。可是阁楼和屋顶的油毡是标准石油公司的财产，连黑暗也是。能让他安然入睡的黑暗也是韦德林顿太太——标准石油公司老板太太的财产。她会把你变成诗人的，如果你无所事事的话。她觉得，要是呼吸的理由不能让她接受，那就不是理由了。在她看来，如果你是白人，而且游手好闲的话，那么你就是一个流浪汉，要不就是诗人了。也许你正是这样呢。女人们真的很聪明，她们明白如何让生活远离现实的困扰，远离现实的渗透。一切都笼罩在黑暗中。

*把我的骸骨冲刷到了一起笼罩一切的黑暗中，满是仙女一般轻灵的脚步声，既蹑手蹑脚，又迫不及待。*有时候，双脚踩在他的脸上发出冷飕飕的嗒嗒声，吵醒了黑夜中的他。身体稍一动弹，它们就立刻消失得无影无踪了，犹如风中突然解体的枯叶，发出低沉而细腻的琶音，留下了微乎其微却又确定无疑的鬼祟气息和贪婪臭味。他时不时地就这样躺着。当晦暗的日光斜照在破败不堪的沥青屋檐上，他观察着带有阴影的光线，光线不断闪烁着，从朦胧到朦胧，犹如阴影重重的一群大猫，给凝滞不动的寂静留下了一串串低沉轻灵的脚步声。

那些老鼠也属于韦德林顿夫人所有。不过，富人们拥有的必需品真是太多了。黑暗和寂静也属于她所有，她没有料到老鼠们也会因此作诗回报。它们并非不能作诗，而是有可能妙笔生花的。它们写的东西不输拜伦。在血色的阿拉斯挂毯背后，老鼠们用细脚发出轻灵的嗒嗒声——*这可是鬼祟而贪婪的喻示那儿有兽皮那儿有凝胶我在那儿是王中王可是那个女人连同那个长着狗眼的女人把我的骸骨冲刷到了一起。*

"我想要做点事情。"他说。他的嘴唇在黑暗中悄无声息地蠕动着。那匹狂奔的马驹踩着无声的惊雷再次把脑海塞得满满的。他能看见马鞍下的马腹和骑手的靴底。他想到了那匹诺曼骏马，经一代代的良种马培育而来的骏马。在平缓、潮湿的英格兰绿色山谷中，它披上了钢铁铠甲。它被炎热、饥渴以及毫无希望、虚无缥缈的地平线所激怒，一路咆哮狂奔着，马身被斩成了两截却毫不知晓，富有节奏的狂冲惯性仍使它连成一体。马驹的头戴着铠甲，根本看不清前方。铠甲叶片的中央鼓出了一个……鼓出了一个……

"头盔。"他的尸骨说。

"头盔。"他冥想了片刻。不知道自己已死的野兽一路咆哮着，而羔羊的仇敌们在神圣的尘埃中打开了通道，让它通过。"头盔。"他重复着。他的尸骨过着隐退的日子，对这个世界几乎一无所知了。可是它能以惊人与恼人的方式向他提供点点滴滴、已经逃离脑海的琐碎信息。"你所知道的可都是我告诉你的呀！"他说。

"并不全是吧。"他的尸骨说，"在我看来，生命的目的就是静静地躺着，你还不懂得这个道理呢。换句话说，这个道理你都没向我提起过呢。"

"哦，我早就懂得这个道理了。"他说，"我对自己翻来覆去说过无数遍了，可事实并非如此。我可不相信它是真的。"

尸骨呻吟着。

"要我说，我就是不相信啊！"他重复着。

"好吧，好吧。"尸骨不耐烦地说，"我不会和你争辩的，永远不会。我只是忠告你罢了。"

"是得有人来忠告我，我想，"他附和道，"至少，表面看起来是这样。"他一动不动地躺在柏油纸的下面，周围一片寂静，那寂静中满是轻灵的嗒嗒声。他的身体再次向下倾斜，倾斜着，穿过乳白色的过道，肋骨一般的暗淡日光形成穹棱，在过道的上方晦暗不明地熔解着，躯体最终憩息在风平浪静的海洋花园中。周围全是摇曳不定的岩穴与洞窟，他的身体躺在泛着涟漪的海底，在波动起伏的海潮的轰鸣声中平缓地飘荡着。

我想做点事情大胆的悲壮的严肃的事情他重复着，在发出嗒嗒声的寂静中组织这些无声的言辞我骑在浅绿色的小马驹上眼睛如蓝色的闪电鬃毛如纷乱的火焰飞奔的小马驹冲上山峦一路跑进了那高耸入云的天国那匹骏马依然狂奔着，咆哮着向外面冲出去；它依然狂奔不已，沿着天国那连绵的蓝色山峦一路咆哮着，带着金色旋涡的鬃毛抖动着，宛如一团团的火焰。骏马与骑手一路咆哮向前，那咆哮声越来越小、越来越弱：在浓重厚实的黑暗和寂静中，有一颗星星正慢慢地陨灭。它坚定不移，星光衰颓，隐入深空，两翼黯淡，正思考着那黑暗悲惨的地球，他的母亲。

幻
恋
症

没过多久，锋利的山脊轮廓线切断了他影子的头。他走路时带着影子像蛇一样在身前的地面上扭动着，后来又看着它慢慢消失，最后连一丝阴影也没有了。道路上尘土飞扬，粗重、变形的鞋子灰突突的，背带裤看起来也是灰突突的，上面都粘满了灰土。灰土是得到的赏赐，是他劳累一天得到的恩赐。他回想不起小麦被割倒后的情形，身上的肌肉忘记了堆麦堆和挥草叉时的感觉，双手忘记了紧握木柄时的感觉——木柄被摩挲得光滑可亲，摸上去就像丝绸一样。他忘记了恹恹欲睡的阁楼，忘记了阳光下犹如不朽的舞蹈般飞旋的谷壳。

　　干完了一天的活儿，等着他的是粗茶淡饭，和只能无聊地睡上一觉的临时住处，明天他还得接着干活。他那不吉祥的影子划过一圈，标志着又一天劳累的结束。山峦短暂地变得锋利起来，过不了多久山顶就不再锋利了。这里是阴影下的山谷，对面的山梁处在二维之中，在太阳的照射下变得金灿灿的。山谷中的小镇笼罩在紫丁香的阴影中，那儿就是他吃饭和睡觉的地方。也许还有一位姑娘像一首哀乐，炎热使她流汗，身穿蓝色棉布衣，命中注定要与他的人生之路发生交会。他也会像其他年轻人一样，在这片月牙形的土地上，挥汗如雨地割着麦子。

不管怎样，镇子就在眼前。那灰蒙蒙的墙头上是苹果树的茂密树枝，那儿开过美丽的花朵，结过甜美的果实；谷仓和房屋是蜂巢，追逐阳光的蜜蜂早已飞走了。从这儿看过去，法院的房子是修昔底德①做过的梦，那些苍白的爱奥尼亚②的柱子被烟给熏污了，你是看不到的。铁匠铺那儿可以听见铁锤有节奏地砸在铁砧上的叮当声，如同教堂晚祷前的召唤指令。

　　他的身体不想动了，却能感受到正在冷却的血液，感受到黄昏正如流水一般消逝。他的眼睛看到了教堂尖顶的影子就像是横贯在这片土地上的一道恶兆。他看着尘土在上下颠倒的鞋面上微微浮动着。他的双脚沾满了尘土，肮脏不堪。穿上那双又暖又湿的舒适鞋子，双脚凉快了下来。他的内心充满感激。

　　太阳是一个正在坠落的红色火炉口。他的影子，他一度以为消失了的影子，如同一条蹑手蹑脚的小狗，又蜷缩在他的脚边。太阳挂在枝头，光线从树叶间渗漏了下来。太阳就像是泛着一点银色的火焰，在树梢上移动着。噢，那儿有鲜活的东西，他心里想着，并注视着一道金色的光线穿过阴暗的松树间。一缕烛火已经烧完了蜡身，正在寻找新的蜡身。

　　他非常清楚远方有一位女子或一位姑娘，本来是说不准的，可眼下他知道自己能肯定了。有一会儿，他注视着那个身影毫无目标地移动着，心中没有任何好奇。那个身影停顿了一下，在一个细长的金色平台上，抹上了最后一道红色的晚霞，随后又打破停顿移动起来，终于从视线中消失了。

　　有那么一会儿，他的眼睛后面清晰地闪过一片古老而刺目的美

----

① 修昔底德，古希腊历史学家，著有《伯罗奔尼撒战争史》。
② 爱奥尼亚，Ionia，古希腊时代对爱琴海东岸爱奥尼亚人居住地的称呼。爱奥尼亚柱式为古希腊三大柱式之一，纤细优美，优雅高贵。

丽。这时，曾经清澈的本能变得贪婪，他的身体蠢动了起来。他爬过一道围栏，遭到了家畜们的注目和瞪视。他踉踉跄跄地穿过一块收割过的玉米地，朝那片林子走去。他迈开了大步，跨过一道道古老而松软的垄沟，一双膝盖重重地撞击在一起。易断的玉米秆交缠着，漠不关心地静卧着，妨碍了他行进的速度。

他爬过另一道围栏，终于到了那片林子。他停下脚步，只见西方的落日余晖改变了身上铅灰色的尘土，在没有刮过的胡须尖上镀上了金色。林子里的阔叶树——枫树和桦树的树干，夹杂着两缕红色、金色和淡紫色的光线，矗立在地面上，伸展的树枝让落日变得歪歪斜斜，透出难以描述的五颜六色。这些树枝就如同吝啬鬼的双手，很不情愿地让金币似的落日滴落下去。松树是一半铁色一半铜色，被雕刻成永恒宁静的象征，金色从中滴落而下，稀疏的小草接住了树上滴下的金色，看起来就像是奔腾的火焰，最后在松树的阴影下熄灭了。有只鸟儿栖息在一根摇曳的树枝上，短暂地打量了他一眼，啁啾着，最后飞走了。

他在这座绿树环绕的教堂前站了片刻，像一头绵羊一样心无所想，却感受到了正在消失的白昼如浴缸排水，或者说像一只裂开的碗一样从这个世界泄去了。他能听见白昼时绿色正殿里舒缓的吟诵声、祈祷声。这时，他又向前走去，速度缓慢，仿佛盼望着一位牧师能在自己面前停下脚步，拦住他，来解读他的灵魂。

不过，什么也没有发生。白昼慢慢消逝了，四周没有任何声响。地球的引力指引着他沿着宁静的林间大道向山下走去。不久，山丘上紫罗兰的影子吸引了他。这儿没有阳光，尽管树梢就像是镀了金尖的画笔。山顶上的树干犹如一排排的栅栏，那一侧的晚霞慢慢地燃烧殆尽。他又一次停下脚步，明白了什么是恐惧。

他回忆起白天的生活片段——从一口水缸里喝着凉水，后面还有一个人排队等着；麦子在收割者的镰刀下纷纷倒下；马梦到了谷仓里的燕麦，谷仓里散发出氨水的甜味儿，马具上带着汗味儿；画眉鸟如同被烧过的纸片一样歪斜地停歇在麦穗上。他想到了肌肉在汗湿了的蓝色衬衣下跳动，想到了要找个人来说说话。总能找到某个人的，他的种族中的另外一个人。人可以假冒一切事物，但沉默不能伪造。在沉默中，他明白了什么是恐惧。

有些事情是说不清的，甚至包括对女人身体的欲望。也许，利用那种本能来勾引他，使他不得安宁，永不太平，不能像其他人那样食宿无忧——这个想法泄露了他隐秘的内心。如果找到她，我就安全了，他心里想着，却不知道他想要的是交媾，还是伴侣。可这儿没有他需要的东西，只有一座座山丘，山坡缓缓向下伸展，尽头永远被一条小溪斩断。棕褐色的溪水在杨柳的掩映下奔流着，没有阳光的照耀，显得阴暗而令人生畏。如同这个世界的一只手，如同手上的一道掌线——毫无理由的一道皱纹。不过，他有可能被淹死在这儿！他恐怖地想着，眼睛注视着水面上飞舞的蠓虫。岸边的杨柳树悄无声息，如同诸神一样毫不在乎。高远的天空如同一块柔滑的裹尸布，能把他的窝囊之死掩藏起来。

他曾经把树看成是取之不尽的木材，但是这些沉默的杨柳树却远不是木材那么简单。木材可以用来造房子遮风挡雨，可以用来生火取暖，可以当作柴火烧饭，可以造船跨越江河湖海。这些树不动声色地凝视着他，缓慢地对他实施报复。落日是不需要添加燃料的一团火。水在阴暗凶险的梦中低语。所有的船都不能在这个水域行驶。有一个神祇在深思，他必须对神谕作出回应。在此之前，舒适宜人的信仰已经破旧不堪，如同一件每日必穿的衣服。

这位神祇既没有认出他，也没有忽视他。祂似乎没有意识到他是谁，只看见他闯入一片与他毫无关系的地方。他蜷缩着身子，感受到了。膝盖和手掌贴在炽热的地面上，他跪在那儿，等待着突然而可怕的毁灭来临。

可是什么也没有发生。他睁开双眼，透过树梢，在山顶上方的天空中看见了一颗孤单的星星。他仿佛在那儿看到的是一个人。这是多么熟悉的景象，离他如此遥远，不会在乎他的所作所为。所以他站了起来，背对着那颗星星，开始朝镇子的方向快步走去。就要过前面的那条小溪了。迟迟找不到过河的地点，又让他内心产生恐惧。不过，他用意志克服了恐惧，心里想着美食，还有念念不忘的女人。

他努力克制着那痛苦和危险即将来临时的感觉，那冒渎神明的感觉。不过，感觉仍然如静止的羽翼，悬浮在他的四周和上方。最初的恐惧感已经消失，可是没过多久，他却又不知不觉奔跑了起来。他原本可以放慢脚步，来证明身心是健康的有机整体，可是他的双腿仍不由自主地奔跑着。在暧昧不清的暮色中，他看到了一座横贯小溪的独木桥。慢慢走过去！慢慢走过去！理性对他说。然而，不听使唤的双腿还在奔跑。

腐烂的树皮在他的脚下滑动，从独木桥上剥离，落入阴暗的、潺潺流淌的溪水中。他仿佛站在岸边，咒骂着跟跟跄跄的身体。这时，脚底在滑动，身体挣扎着寻找平衡。你就要死了，他对自己的身体说。他又一次感觉到了神明即将降临身边，意志力被地心引力征服了。就在这个心神不定的刹那间，他通过知觉——而不是智力，感受到了黑暗的溪水正等着他，感受到了那根独木很不牢靠，感受到了树干在跳动与呼吸，还有那无数的树枝仿佛正在向黑暗中看不见的神明祈祷着。随后，树丛和星空从眼前慢慢划过，就这么坠落下去，那意味着死亡！这真是可悲的嘲弄和笑话。他一次又一次死了，但是他的身体拒绝死亡。这时，溪水接住了他。

溪水接住了他。不过，这儿不仅仅是水。水在他的身体、背带裤和衬衫间暗暗流淌着。他感觉到了头发向后漂去。不过，在他的手掌下，惊恐的大腿像蛇一样扭动着；在黑暗的水泡中，他感觉到小腿在飞快地踹动；身体在下沉，前胸与后背磕磕碰碰。置身在缓缓流动的溪水中，他看见了，死神犹如女人在闪烁着，被淹没了，在等待着。他看见那发光的身体被水折磨着。他的两片肺叶喷出溪水，大口吞咽着潮湿的空气。

纷乱的溪水拍打着他的嘴巴，试图钻进去。在溪水深处，被囚禁的月光又一次冲破睡眠，泛起了荡漾的微波。水平的亮光弯曲了，打碎了水面，从他身边散开。他踩着水，感觉到了泡在水中的鞋，还有沉重的背带裤，感觉到了潮湿的头发贴在脸上。他看见她浑身水淋淋地上了岸。

他搅动着溪水，朝她追去。他似乎永远也到不了对岸。浸泡过的衣服死沉沉的，缠住了他，如同纠缠不休的塞壬，如同女人。他看见波动的水面映着繁星。最后，他终于爬到柳树的阴影下，双手所触之处都是湿漉漉、滑溜溜的泥巴。这儿碰到了树根，那儿摸到了树枝。他直起身子，听见衣服上滴答滴答的滴水声，觉得衣服变轻了，随后又死沉沉的。

他一瘸一拐地走着，湿鞋发出了咯吱咯吱的声音。那一身湿衣黏糊糊的，有说不出来的难受，使他步履沉重，无法快跑。他能看见她的身体在没有月亮的暮色中犹如幽灵一般，眼下正朝山上爬去。他奔跑着，嘴里咒骂着，水从头发上滴落，粗劣的衣服和鞋子发出湿漉漉的埋怨声，诅咒着他的命运和气数。他觉得不穿鞋能跑得更快，于是一边看着她悄无声息地奔跑着像一团火似的，一边脱下鞋子，随后又向前追赶过去。潮湿的衣服如铅一般沉重。跑到山丘上的时候，他早已气喘吁吁了。她就在那儿，站在满月升起后的一块麦田中，犹如银色海洋中的一条船。

他跳进银海中去追她。趟出来的沟纹，打破了浓密月光下麦田的银色，使之向四周散开，最后消失在凝滞不动的、尚未收割的金色麦穗中。她远远地跑在前面，穿过麦田时的动静在他赶到时已经消失。他越过向两边起伏散开的麦浪，看见她的身影迅速地没入一片林子，宛如一根小小的火苗。随后，他再也没有看见她了。

他仍然在奔跑着，穿过月光笼罩、昏昏欲睡的麦田，疲惫不堪地跑进了那片林子。可是，她已经离去。在一阵阵不断涌来的绝望中，他趴倒在地上。可是，我还是抚摸了她！他心里想着，带着失望和钻心的痛苦，隔着潮湿的衣服感受着地面，感受着地面上的细树枝。

月亮游上来了，如同一只满载货物的平底船，正顺着蔚蓝色的信风上行。月亮用滚圆的眼睛心满意足地注视着他。他扭动着，想象着自己的身体正压在她的身体上，想到了黑暗的树林、落日和尘土飞扬的公路，希望自己并没有离开。可是，我还是抚摸了她！他对自己重复着这句话，企图在这儿完成一次不可逆转的圆房。啊，她敏捷而慌乱的大腿！她的胸脯和乳房！不过，最好还是忘掉她是出于本能而逃之夭夭的。我是不会伤害你的，他呻吟着，我绝不会伤害你的。

他身上放松下来的肌肉空落落的，能感受到过去或明天干活时的信号，能感受到挥舞草叉和堆场的冲动。月亮安慰他，撬开了潮湿的头发，试图留下月影。他想到了明天，于是站了起来。那个烦人的神祇已经离去，黑暗与阴影只会嘲弄他。月光奔泻在一道铁丝网上。他知道这儿就是那条公路。

他感觉到了自己走路时搅起的尘土。他看见了地里银白色的玉米，黑漆漆的树林如倾倒而下的墨水。他心里想着飞快逃走的她，是多么像奔泻的水银，多么像一枚被抛掷的银币。不一会儿，镇子里的亮光映入了他的眼帘——法院房顶的大钟、亮堂堂的大街，尽管地界很小，好似一处仙境。过不了多久，她就会被自己遗忘。眼下，他能想到的就是清醒、饥饿与劳动，还有让放松下来的身体躺到简陋的床铺上。

月光下的马路蜿蜒，单调地伸展在他的眼前。他的影子拖在了身后，如同一条亦步亦趋的狗。一整天的劳累和臭汗已经被远远地抛在身后。等候在前面的是睡觉，粗茶淡饭，还有更多的劳动。也许还有一位姑娘像一首哀乐，穿着印花棉布衣，抵挡着炎热。明天，不吉祥的影子又要围着他转圈，只不过明天离现在还很远。

月亮上行得越来越高了，不久她就会从群山的另一侧溜下去，津津有味地回忆自己是如何把银光借给了树林、麦田、山丘，还有那绵延起伏、单调乏味的肥沃土地。在他的下方，谷仓被月光镀上了银边，筒仓变成了希腊人的梦，苹果树犹如喷泉刺破银光。小镇成了一座平展开来的月光平台，法院大楼透出的光亮在月光下变得暗淡无力。

劳累被抛在了身后，又在前方等着他；都是关于时间和生命的亘古不变的绝望。繁星犹如被揉碎了的鲜花，漂浮在黑暗的水面上，蠕动着向西方飘去。潮湿的双脚沾满了泥土。他缓慢地向山下走去。

雪

"爸爸，"孩子问，"欧洲人还没有仇视和害怕德国佬的时候，欧洲是什么样子？"

男子没有回答。他坐在那儿，整个人被摊开的报纸遮住了，只能看到镶边卡其布衣袖里露出的双手、下身浅色无翻边的华达呢裤子和脚上的系带军用鞋。珍珠港事件发生的那个星期天，他是一位事业有成的建筑师，一个丈夫和父亲，年纪尚未到四十。第二天，他就翻出了早年就读军校时的旧档案。如今他可是一名专业技术中尉了，刚学完进修课程，在家休息三天，下一步还不知道被派到哪儿去服役。

他没有回答孩子的问题，甚至连手里的报纸也没动一下。他正在看的不是内页中的专栏标题，而是一个图片标题：纳粹州长佐德尼亚被伴侣杀害。标题下方有两张模糊不清的远距离照片：一张是阴冷、油光满面、英俊的普鲁士人的脸。他从来没见过这张脸，如今也看不到了，自己也不想看到；另一张是女人的脸，他曾见过一次，以后再也不想见它。女人的脸比他十五年前见到的时候略显苍老，如今看起来不再是乡下人的脸了。四五年过去了，经过权力、毁灭、苦难和鲜血等盛典成功洗礼后，脸上那些高山幽谷的痕迹已经被永远地抹去了，那张脸已不再是一张乡下人的脸。在两张脸的下面，印着三行加框的文字，看起来就像是一则讣告：

【本报贝尔格莱德消息】
　德国佐德尼亚州州长，冯·普鲁科纳将军，上周被陪伴
其多年的一个法国女人刺死。

"她可不是法国人。"男子说，"她是瑞士人。"
"什么，爸爸？"孩子问，"你刚才说什么？"

　　我们走到大半山腰时，又能见到太阳了。越过铲雪机堆起来的一道弯弯曲曲、污浊不堪的雪墙，放眼望去，我们脚下的整个山谷都沐浴在阳光中，仿佛披上了一层静谧的、金色的外衣，又好似一泓池水般静止不动，那摇曳着紫色光影的谷底积雪似乎悬浮了起来，教堂的尖顶、高耸的烟囱，还有群山的侧翼，都笼罩在慢慢退却的最后一抹暮色中。寂静无声的塔顶、烟囱和山峰直挺挺地刺向空中，山顶上常年不化的积雪闪烁着玫瑰花、藏红花和丁香花的色泽，而山谷中已经是春天了，远在巴黎的栗子树也早已鲜花绽放。
　　这时，我们看到了葬礼。多恩在脏兮兮、坍塌的护墙处停下来，举起蔡斯单筒望远镜朝山谷里眺望。望远镜是他用五十里拉的价钱从米兰的一家当铺买来的，虽然只有一个透镜。但是多恩说，买它只不过花了两美元四十几美分，一个无透镜的蔡斯望远镜也值这些钱呢，印有蔡斯签名的两罐番茄酱也值这个价了。但在那个年代，它肯定是蔡斯公司制造的上等望远镜了。不过眼下，在当你强忍着用一只眼往里看，而另一只眼无处可望时，你会感到眼珠子仿佛要从眼窝中被拽出来似的，就像从磁铁上拔掉一粒钢珠球。不过，我们很快发现，每隔几秒，将望远镜换到另一只眼，就不至于太累。多恩又开双腿，靠

在脏兮兮的护墙后面，就像一位站在轮船桥楼上的海军军官。多恩是加州人，他的大块头身体好似一台谷物升降机。"我喜欢雪。"他边说边转一下望远镜，"在我们老家，除了好莱坞，别的地方都见不到雪。明天我们离开瑞士时，我要把望远镜的那头塞满雪，也好记住你。"

"塞雪也许对望远镜有好处。"我说。

"要不塞一块牛排吧。"他说。

接着，我注意到了，有那么五六秒、然后八秒、十秒左右的时间，多恩都没有动望远镜了。我觉得我的眼珠子仿佛也在经历那种难以忍受的时刻，热辣辣的泪水模糊了双眼，很快就要迸发并喷涌而下了。这时多恩放下望远镜，扭过头，眼里泪汪汪的。当泪水从脸上流下来的时候，他微微低下头，好像鼻子正在流血一般。"他们抬着一个人呢。"他说。

"抬着一个人？"我问。我拿过望远镜，切身体验到了那种难受的感觉：一颗眼珠子似乎要从眼窝里被拽了出来，还把另一颗眼珠子给牵扯动了，仿佛要越过鼻梁去填补那个空缺出来的眼窝似的。我来回转动着望远镜，也看到了这些人，他们正在山谷下蠕动着，人影黑乎乎的小小一团，正往村子走去，蠕动着的长影投射在身前的雪地上。首先是一个黑点，然后是两组黑点抬着尸体，后面跟着一个黑点，还有一行黑点。紧跟在尸体后面的那个黑点穿着裙子。

"前面那个人是位牧师。"多恩说，"把望远镜给我。"我们两个轮流看着，但是每次都没能从他们的身后发现什么，只能看到山脚下有一堆岩石，他们刚才就是从岩石背后走出来的。附近没有停放尸体的房子或小屋，那儿只有杂乱的岩石和无声咆哮着的、甚至都不会结冰的悬崖。再往上看，高耸的山脊投下的影子细长得像一根线似的。随后，我又注意到了蠕动着的黑点踩出来的那道雪沟，不仅身后有，而且身前也有。我把望远镜递给了多恩，用手帕擦了擦脸。"他们是去那儿寻尸的，眼下正往回抬。"多恩说，"他坠崖了。"

"也许那儿有一条小道。一条小路。"

多恩接过望远镜，把带子套到头上。当铺的伙计始终没能找到望远镜的包装盒。说不定是他收了别人五十里拉的钱把盒子给卖了。"他坠崖了。"多恩说，"你不想看看吗？"

"就那么回事吧。"我说，"我们走吧。你没看太阳吗？"太阳已经落山了。我们站在那儿的时候，太阳早已离开了山谷，只有山顶的积雪还残存着阳光，犹如云彩一般颜色绯红，虚若缥缈，蔚蓝的天空也开始泛起了紫色。我们继续往前走，脚下的道路蜿蜒起伏，渐渐笼罩在暮色中。山村里已亮起了灯光，光线从水面掠过或从水下泛起时，忽隐忽现，闪烁不定。这时，雪突然消失了。我们把雪留在身后，从积雪中走来，此刻的空气顿时冰冷了许多，刚才雪光中折射出的一丝暖意似乎也消失了，现在只剩下一片暮光和寒气。仿佛一眨眼的工夫，我们发现整个村庄往一边倾斜着。我再一次想起这个国家没有一寸土是真正平坦的，那山谷里的村庄也只是从上面看下去才是水平的。也许我们从空中往地面坠落时，整个地球看起来也是水平的，也许我们不敢往下看，也许忍不住想往下看。"你还喜欢雪吗？"我问，"也许我们现在该把望远镜塞上雪，要不然一会儿就没雪了。"

"我这会儿又不太想了。"多恩说。他在前面走——他下山的步伐总是要快些。他先进了山谷，山峦就像雪一样渐渐从视线中消失了，山谷出现了。几乎就在一瞬间，山谷变成了整个村庄，道路变成了上坡的鹅卵石街道。他也是第一个到那儿的。"他们正在教堂里，"他说，"有好几个人去那儿了。肯定有一、两个人还在那儿。至少还有一个人在。"这时候我也看到了一口小小的、粗糙的方形石棺，看起来可以追溯到伦巴第国王的年代。烛光透过敞开的门扉照了出来，一群人静静地围在门前，有男人，有女人，甚至还有一两个孩子，那情形同我以前看到过的一个情形何其相似：一群人聚集在亚拉巴马州一座小监狱的空墙外，等着观看一场即将实施的绞刑。我们脚下的鞋钉走在鹅卵石的路上咣当作响，听起来就像是山区货运马车的马蹄声。多恩依然大步流星，朝教堂斜插了过去。

"等一等。"我说，"就算他坠崖了。那又怎么样？我们走吧。我饿了。我们去吃点东西吧。"

"兴许他不是坠崖死的呢，"多恩说，"兴许是一个朋友把他推下去的，兴许是因为打赌跳下去的。我们到欧洲来了，也应该考察一下风俗民情嘛。即使在亚拉巴马州，你也绝对见不到这样的葬礼的。"

"好吧。"我说，"假如他——"这会儿，教堂已近在咫尺了。至少在我们去过的欧洲几个地方，你永远无法知道一个人讲什么语言，或者不常讲哪些语言。我们继续朝那座看似空荡荡的教堂走去，因为能看到的所有人都聚集在教堂外面。我们走过去的时候，人们纷纷转过头来默默地看着我们。

"先生们好！"多恩打招呼，"女士们好！"

"先生们好！"过了片刻，有一个人应声道。他是一个瘦小的男人，五十来岁，样子不讨人喜欢，凭我的感觉像是一个邮差，就像那天等在亚拉巴马州的监狱外、身背皮革邮袋的那个邮差一样。其余的人仍然扭头注视着我们，直到我们走到他们当中时，他们才收回目光。站在人群中，我们也看到了教堂的里面——一间石头砌的小房间，不比一个岗亭大多少，里面微弱的、冷冷的烛光向上弥漫开去，照在真人大小、正遭受苦刑的耶稣石膏像周围，变得暗淡了。烛光似乎加重了我们离开积雪后所感到的那股冰冷寒气。我们看见了蜡烛、石棺，还有一个妇女跪在石棺旁。她头戴一顶帽子，身穿一件裘皮大衣，那大衣不像是从瑞士的某个城市买的。牧师正在后面忙着，神态颇像一位忙乱不堪、心不在焉的主妇。另外一个男子，一个村民，正站在过道中段的长椅旁。也许他不是早出晚归放牧牛群的牧民，但是大山的痕迹在他身上依稀可辨。我们朝教堂里望去，只见牧师从石棺后面走过，在耶稣像下停留片刻。他的教袍静寂无声，偶尔发出嘶嘶声，仿佛弥漫的冰冷、微弱的烛光发出的声音。牧师就像乖乖听话的小女孩一样，在耶稣像前低身行了个屈膝礼，然后就往后面或旁边走开了。另一个人从长椅那儿起身，沿着过道向我们走过来。我没有看到，但是能感觉到他在走动。这个男子出门离去后，只剩下我们三个人了：我、多恩和那个瘦小的邮差。男子弯腰捡起了一把冰镐，上面镶有五六颗钢锥，然后瞧都没瞧我们一眼，就从我们身边走开了。邮差之所以还在那儿，是因为多恩正抓着他的胳膊。我想起离开巴黎前曾有人叮嘱过我们，你可以对欧洲人说任何你想说的话，但决不要把手放在他的身上。毫无疑问，这人也许是一名政府职员，那么把手放在他身上和冒犯一名宪兵或车站站长的性质是一样的。我看不见其他人，只能隐约感到他们正从黑暗中窥视着我们，而多恩在门口抓着那个邮差的胳膊，就像抓住一个正在偷苹果的小孩一样。从敞开的大门看过去，只见那个身穿裘皮大衣、戴着巴黎帽子的妇女仍旧跪在那儿，前额贴在石棺上，仿佛睡着了似的。多恩的法语还说得过去，虽然经常词不达意，可别人还能听得懂。

"那位死者，"他问，"他是摔死的吗？是他自己跌下去的吗？"

"是的，先生。"邮差说。

"那位正在哀悼的女人是谁？就是那位从巴黎来的女士，是他的妻子吗？"

"是的，先生。"邮差猛拉了一下被多恩抓着的胳膊。

"我明白了。"多恩说，"一个陌生人。一个想要登山的客户。一个有钱的法国人。也许是一个常到巴黎为妻子买衣服的英国富豪。"

这时邮差又在试图挣脱胳膊："不！不是法国人！不是英国人！都是这个村里的人！够了，先生！够了，好吧，所以——"

可是多恩仍然抓住他的胳膊不放。"我不是说那个从教堂里走出来、手拿冰镐和首饰的向导。是另外一个，没走的那位，躺在石棺中已经死去的那位丈夫。"

随后，他的语速太快，我根本听不懂了。邮差终于挣脱了胳膊。有那么一会儿，多恩站在那儿，就像一个装满了水或碎石子的筒仓一样。邮差甩了甩手，也离开了。只有多恩站在那儿向我眨眼，挂在胸前的蔡斯单筒望远镜，看起来就像是儿童玩具。

"他就是这个村里的人，"他说，"是她的丈夫。那顶帽子是在巴黎买的。我敢打赌，那件大衣至少值三四万法郎呢。"

"那个我也听到了。"我说，"他抽出胳膊后说了些什么？"

"他说他们俩都是向导，一个是刚才出来拿走冰镐的那个，另一个是躺在棺材里的那个。他们三个都是村里的人，那个戴巴黎帽、穿裘皮大衣的女人也是。她和棺材里的那个男的是夫妻。去年秋天，他们四个人一道去登山——"

"四个人？"我问。

"是的，"多恩说，"我也会问的。他们去登山。倒不常听说职业向导坠崖的事儿，可事情就发生在这个向导身上了。直到春天积雪融化时，他的尸体才被找到。眼下雪都化了，他的妻子昨天也回来了。今天下午，他们把尸体抬到这儿，他的妻子随时可以走了，可是要等到明天早晨才有火车。我们可以用她的事来满足一下我们的好奇心，要不就做好我们自己的事情吧。所以晚安啦，先生们。"

"她从哪儿来的？"我问，"再回到哪儿去？"

"是的，"多恩说，"我也纳闷。咱们去找个小旅馆吧。"

旅馆可能就在这个方向，因为这里只有一条街，而我们就走在这条街上。很快，我们看见了那家小旅馆。在深夜刺骨的空气中，我们的鞋钉当当作响，山上的空气像冰水一样冷飕飕的。但是春天已经到了。在生机盎然的初春里，四下散落的窗户中透出来的灯光，沿着山坡一层一层无形延伸着，即使隔得很远，依然可以看到那亮光忽隐忽现，闪烁不定。从街道走下两个台阶就是旅馆的大门了。多恩拉开门，我们走了进去。低矮的大堂十分明亮、温馨，也很干净。那儿摆放着一个火炉，还有几张木桌和几把木椅。一个妇女正在局促的吧台后面织着毛衣。我们走进酒吧时，这些山里的男人们都不约而同地把脸转了过来。

"你们好，先生们！"多恩说。

"你刚才说的是奥地利语吧。"我说。

过了极短暂的片刻，一个声音回应道："你们好！"

"你可不会说奥地利语。"多恩说。我们放下帆布背包，在一张桌子前坐下。这时，那个妇女说话了。她一边说话，一边还在飞快地织着毛衣，金色卷发的脑袋埋在织物上，甚至都没抬头瞥上一眼。

"两位先生要点什么？"

"两杯啤酒，夫人。"多恩说。

"黑啤还是黄啤，先生们？"

"黄啤，夫人，我们还要住宿。"

"好的，先生们。"

啤酒端上来了，金灿灿的。盛啤酒的玻璃杯可不是匹兹堡、阿克伦或印第安纳波利斯出产的。这些人好像知道我们迟早会到那儿，我们刚点完，啤酒就送到我们眼前。服务生在围裙外套了一件餐服，这或许是洛桑和平宫外的第一件餐服。他面色英俊，可嘴里长着几颗坏牙，像个贪吃的马夫。在接下来的几十秒钟，我们发现他不仅英语讲得比我们好，而且当他忘了使劲发音时，美语也讲得比我们好。

208

"那位死者，"多恩说，"村子里坠崖的那位——"

"刚才就是你们俩拽住格里格伦先生不放？"侍者问。

"拽住谁？"多恩反问。

"市长啊。就在教堂门口那儿。"

"我还以为他是个邮差呢。"我说。

侍者甚至瞥都没瞥我一眼。"你们俩真是有眼不识泰山。"他说，"你们以为这儿是好莱坞啊。这可是瑞士。"他也没朝我们的帆布背包瞥上一眼——他也不需要。他本来可以长篇大论一番的，但是并没有多说。

"是的，"多恩说，"我们出来走走。我们喜欢这样。那个人坠崖了。"

"对，"侍者说，"那又怎么样？"

"一个向导。"多恩说，"他的妻子戴着一顶巴黎买的帽子，身穿一件价值四万法郎的裘皮大衣。他坠崖的时候，她也在登山的现场。我也听说过向导坠崖的事儿，可我从来没听说过哪个向导工作时还要带着老婆，和付费的客户一道登山。因为市长说了，他们总共有四个人，第四个人也是一个向导——"

"是的，"侍者说，"布瑞克斯和他的妻子，还有艾米尔·席勒和那个客户。那天是布瑞克斯和妻子订婚的日子。去年，他们本来定好了，布瑞克斯过了秋天后尽力赚够钱，一切准备就绪后，在冬天正式结婚。可就在婚礼的前一晚，布瑞克斯接到了客户的电报，说自己已经到了苏黎世，打算明天早晨去见他。所以布瑞克斯把婚礼推迟了，他和席勒去火车站接了客户。客户下车时，带着价值八千到一万法郎的登山装备。这些东西都是过去五年中布瑞克斯和席勒帮他购置的。那天下午，他们登上了伯尔纳丁山，第二天——"

"还有那个新娘？"多恩问。

"他们把她带上了。按照原定计划，那天早上他们是要举办婚礼的。布瑞克斯接到客户的电报后，就推迟了婚礼。他和席勒原打算陪客户登到他想去的地方，然后把他带回来送上火车。但是客户一下火车听到的第一件事就是婚礼，所以他就负责主持了这场婚礼——"

"等一等，"多恩说，"等一等。"

"他很有钱。"侍者说。他一直没再动，甚至也没再擦桌子，我们觉得桌子也不需要擦。他就站在那儿。"他是个大富豪。在过去四五年里，布瑞克斯和席勒总是带他一起攀登附近好爬点儿的山。那几年里，他合并个公司什么的就能赚上两百万克朗、法郎或里拉。要不是那样的话，他也不可能做得那么好。他的年纪比你稍大些，但是大得不多。他并不是真的来登山的。他把登山当作度假，也许只是来拍几张照片登到老家的报纸上。一般情况下，人们登山可不是度假。人们给自己找个放假的借口，然后就外出度假。那登山的钱本来应该花在老婆的吃喝上的。布瑞克斯觉得这次能赚到一笔钱，一笔额外的钱。也许就在快要结婚的时候，他才意识到以后再也不可能有这么多的零花钱了。于是，大富豪为他们主持了婚礼，亲手把新娘交给布瑞克斯，在证书上签字——"

"难道她没什么亲戚吗？"多恩问。

"她的姨妈有个女儿，已经结婚了。"侍者说，"她和她们住在一起，可是一个人的表姐夫，也许不是既有钱又对钱很大方的人，不是该花钱就花钱的人。所以大富豪在证书上签了字，牧师也为攀登伯尔纳丁山祈了福。大富豪打算爬到那儿后主持婚宴，第二天回家，乘火车去米兰，再合并一个公司什么的。如果天气不尽人意的话，一个孩子登山也会感到孤零零的。那天下午，他们登上了伯尔纳丁山，富豪张罗了他们的婚宴。第二天早晨，他们到了格莱西地区。布瑞克斯原本没想过要去那儿。也许是哪儿出了状况吧，也许是因为糟糕的天气——他们总把'天气很糟'挂在嘴边。他们本应该在伯尔纳丁的山洞里过夜。也许是因为大富豪要赶火车，大家不想让他费劲地拖着行李上山下山，从来也没有想过这样。也许布瑞克斯应该把他的妻子留在伯尔纳丁山上。其实每个人都不想结婚，也没打算结婚。无论怎样，布瑞克斯不该带大富豪去那个地方。后来发生的事儿，布瑞克斯和席勒早该知道的。大富豪从悬崖上滑倒了，连累了布瑞克斯太太，他们俩又带倒了布瑞克斯。当时的情形就是这样的。席勒将绳子的一端固定在悬崖上，布瑞克斯太太、大富豪和布瑞克斯吊在绳子的另一端，悬荡在结冰的山崖上。不过，至少富豪把他的斧头及时扔掉了，幸好没有砸到布瑞克斯。这确实很幸运，因为布瑞克斯用自己的斧头是够不着这根悬空的绳子的。没人能把不停晃荡的三个人一下子拉上来，至少这附近没人能做到。这次登山之旅，全程都是大富豪买单，布瑞克斯自然不会要他把绳子砍断。那样的话，席勒就只能把向导的妻子拉上去，而他的妻子只是个摆设，在那儿也出不上什么力。所以布瑞克斯把他和大富豪之间的绳子砍断了，随后席勒把剩下的两个人拉了上去。第二天下午，布瑞克斯太太和大富豪乘火车走了，过了一阵子，雪——"

"等等。"多恩说，"那个新娘？那个寡妇？"

"他们等了二十四个小时。大富豪推迟了一整天。席勒那天下午把他们送回伯尔纳丁山，一早就让他们沿着小路下山。当天晚上，席勒和一个弟兄又去了一趟格莱西，试图再找一找布瑞克斯。但是雪太厚了，所以席勒只好回到村里求助。（大富豪对此也是有贡献的。他拿出很大一笔钱雇人去找布瑞克斯。）天亮后，席勒和几位弟兄想从谷底爬上去。但是雪太厚，只能等春天雪化了才行。最后连席勒也不得不承认他们得等，于是大富豪和布瑞克斯太太乘火车走了。过了一阵子，雪——"

"她的亲戚呢？"多恩问。"你刚才说她有几个亲戚。那个——"

211

"——姨妈的女儿和丈夫。也许牧师了解情况。当天下午，她和大富豪离开的时候，牧师就在车站。也许她的表姐和表姐夫把这事交给牧师了。也许又是钱。也许她只是听不到牧师在说什么。那天下午上火车时，她似乎既听不见，又看不见了。"

"什么都不能？"多恩问。"什么都不能吗？"

"嗯，她还能走路。"侍者说，"你们想吃什么？蔬菜炖肉？要不要来点火腿蛋？"

"不过她回来了，"多恩说，"至少她回来了。"

"没错。昨晚乘火车回来的。上个月雪开始融化，上周席勒给大富豪拍了个电报。他觉得现在可以去找了。所以她昨天午夜下了火车，把包寄存在那儿，一直坐在车站里等，直到席勒早上来接她。他们一起出去，找到了布瑞克斯的尸体，把他抬了回来。要是今晚她在教堂觉得很冷的话，她可以随时去车站，坐在那儿等明天的火车。你们想吃点什么？"

"那么她的亲戚呢？"多恩问，"那个——"

"你们想吃点什么？"侍者问。

"也许他们俩现在结婚了。"多恩说。

"你们想吃点什么？"侍者问。

"也许她现在很爱他。"多恩说。

"好了。你们想吃点什么？"

"你的美语讲得很好。"多恩说。

"我在美国待过。在芝加哥。待了十六年。你们想吃点什么？"

"也许他待她很好。"多恩说，"即使他是意大利人，外国人——"

"他是德国人。"侍者说，"在这个国家，人们都不喜欢德国人。你们想吃点什么？"

"蔬菜炖肉。"多恩说。

我们吃好饭。这顿饭菜在欧洲任何地方或任何讲法语的地方都是相当不错的。我们登上干净的楼梯，走进屋檐陡峭的干净的小房间，躺在洁净、冰冷、散发着雪气的床单上。早晨，太阳从对面的山峦上升起来，斜长的光线照进山谷，后来又慢慢变短。阳光不是慢慢驱走了群山的阴影，而是像涨起的潮水吞噬沙滩一样，把阴影瞬间抹去。我们离开旅馆时，山谷又沐浴在阳光中。我又想到这个国家若是水平的，肯定一马平川，只不过是一层一层的那种，因为我们从车站回头看过去，山村又位于我们的下方了。我们从早先误认为是山谷的地方往下眺望那真正的山谷。我们又站在雪地中，两侧沟槽内是铲雪机铲雪时形成的一道道邋遢的雪墙。漏斗状的雪墙下，闪亮的铁轨伸进隧道，明晃晃的阳光也照亮了黑漆漆的隧道口。过不了多久，在强光的照射下，山上的积雪就会融化，满溢的雪水就会流进隧道。

　　我们走进酒吧。"你们好，先生们！"多恩说。又有一个声音回应道"你们好"。我们喝着金黄色的啤酒，晨曦仿佛被盛在了杯子中。要是在美国，中午前喝酒，热天喝酒，就像做礼拜时端盆豆子剥壳一样，真是闻所未闻的事儿。不过，驻扎在蒂罗尔期间，我们吃早餐时也喝过酒。火车进站了，多恩说："你们好，先生们！"同样又有人回应了他一下。我们出了酒吧，明亮刺眼的雪光让人无法忍受。我们沿着站台朝三等车厢走去，转身往回看，除了雪和太阳外，那情形仿佛又回到了昨晚：山村农民一张张平静的脸，只不过人不如昨晚多，眼下全都是男人。他们也许早就在那儿了，就像美国小镇上的人那样，都是乘火车出门的。那个叫席勒的向导——就是昨晚从教堂里走出来的那位，正站在一等车厢的台阶上，旁边是那个戴着巴黎帽子、身穿裘皮大衣的女人。女人的脸曾经也是一张山野村民的脸。然而，只需六个月的时间，就足以抹去那高山幽谷、乡野村妇的痕迹，以及其他各种痕迹，如春天绿草坪上举办的节日狂欢（如果那里有绿草坪的话，如果瑞士人在春天举办节日狂欢的话），把奶牛从高山牧场上赶去赶回，用挤出的鲜奶做奶酪、牛奶巧克力或瑞士姑娘喜欢做的任何点心。

这时，我们听到了一声声凄厉、狂乱的汽笛声。她从钱包里取出了什么递给向导，然后上了火车。我们也上了火车。火车开动了。火车经过向导时已经提速了。向导翻了翻亮闪闪的硬币，随即把它掷了出去。火车在铲雪机堆成的雪墙间开过，速度越来越快，轰隆隆地驶进了黑漆漆的隧道。雪后的隧道仿佛是双眼被打了一拳似的，火车穿过黑暗驶入刺目亮光时，仿佛又被打了一拳。火车的速度越来越快，拐弯时歪斜着摇晃着，不停地穿梭在亮光和黑暗之间。两侧连绵不断的山峰在刺目的强光下呈现出层次不同的颜色，火车伴随着这些沉思默想、来自天界的庞然大物而摇晃着，从旭日东升的清晨驶入了阳光灿烂的正午。火车一路开了过去，做了最后一次软弱无力的俯冲，连我们都能感觉到是在不断地下行。就在这时，我们看到了科多尔长长的斜坡，那是欧洲大陆倾斜的屋顶，一直延伸到昏昏欲睡、薄雾弥漫的巴黎。最后一座白色山峰慢慢地从窗外滑过，消失在视线之外。

"很高兴回来了。"我说。

"是的。"多恩说，"我再也不想雪了。从此以后，我也不想看雪了。"